Elaine Keegan

‖‖‖‖‖‖‖‖‖‖‖‖‖‖‖‖‖‖‖‖
D1375536

LES GENS DU BALTO

Du rêve pour les oufs, 2006.
Kiffe kiffe demain, 2004.

Faïza Guène

LES GENS DU
BALTO

HACHETTE
Littératures

La Fouine
Livre édité par Guillaume Allary

ISBN : 978-2-01-237405-8

Joël, dit Jojo, dit Patinoire

Je m'appelle Joël Morvier et j'ai décidé de raconter mon histoire moi-même. Depuis trente ans, je vis au milieu des journaux alors on me la fait pas. Je vois très bien comment ils déforment la réalité. Je préfère me fier à ma bouche.

J'aurais eu soixante-deux ans en avril, le 12 du mois. Je dis ça pour information, je n'ai jamais fêté un anniversaire de ma vie.

Il paraît que je suis un homme antipathique. Je dirais plutôt que j'ai reçu moins d'amour et de compassion que ce que je méritais. On me fait de faux procès. Je ne suis pas raciste. J'ai des valeurs et visiblement, ça dérange.

Je suis tel que l'usine de la nature m'a fabriqué. On me traite d'insensible mais je n'ai pas eu le choix des options au commencement, ce qui n'a pas empêché la voiture de rouler. Fabrication française je précise.

À les écouter, faudrait s'émouvoir du moindre enfant violé.

Moi aussi je regarde des images à la télévision, les attentats, les accidents, les ouragans et les vieillards qui crèvent de chaleur. Rien à faire. Ça ne me touche pas.

J'ai perdu mon père assez jeune. Je ne suis pas le seul. Un père, ça meurt un jour ou l'autre. C'est pas pour faire chialer que je raconte ça, seulement pour expliquer.

J'ai vécu quelques années avec mon oncle Louis dans l'appartement au-dessus du bar. Puis à son tour, il a claqué. Un cancer. Mon vieux, lui, a eu une mort aussi bête que sa vie. Un accident de chasse. D'ailleurs tout a été accidentel chez lui, même moi.

On est à Joigny-les-Deux-Bouts depuis plus de cinquante ans. Une commune de 4 500 habitants à l'extrémité d'une ligne de RER. Un endroit dans lequel vous ne foutrez sans doute jamais les pieds.

Ici, tout le monde me connaît. Jojo ou «Patinoire» pour les habitués. On me surnomme comme ça disons à cause de ma calvitie avancée. Enfin elle est récente, parce qu'à l'adolescence, fallait voir la tignasse. De dos, je ressemblais à

8

Dalida. Par nostalgie, je garde les cheveux longs malgré le terrain vague sur le dessus. J'étais le patron du café Le Balto. On ne s'est pas beaucoup remué les méninges pour le baptiser. C'est le bar-tabac-journaux du coin. Poumon du village. Et sac à vomi.

Pendant des années, j'ai joué au psychiatre de service. J'en ai passé des soirées à les écouter parler de leurs emmerdements et de leurs histoires de cul. À côté de mon bar, Sainte-Anne passerait pour un salon de thé. J'essayais d'élever le niveau de la conversation mais ça volait pas plus haut que les remboursements de la sécu.

Chaque fois que je regardais sur ma gauche, accoudée au bar, Claudine était là, toujours au même endroit. On ne la voyait même plus tellement elle passait son temps à cette place. Ici, tout le monde l'appelait la Veuve noire. On raconte qu'elle a empoisonné son mari quelques semaines après leurs noces. Paraîtrait qu'elle a fichu de l'insecticide dans sa soupe au potiron. Chaque fois qu'elle avait un coup dans le nez, elle avait cette manie de se déshabiller et elle commençait toujours par retirer ses bas. Je suis sympa, j'épargne les détails.

Un que ça dégoûtait vraiment, c'était Yves Legendre, le gendre du maire de Joigny. C'est pas une blague, il s'appelle vraiment Legendre. Il ne supportait plus d'être dans l'ombre de son beau-père. Sur le ton de la confidence, il finit un jour par m'avouer n'avoir jamais voté pour lui. J'étais le seul à savoir que Legendre votait coco. Un jour, au début de l'été dernier, il m'a fait commander un abonnement à un magazine de musculation. Ces bouquins pour les maniaques de la gonflette, avec des pages entières de publicités pour les protéines, du genre de celles qu'on donne aux bœufs de concours. Et bien sûr des tas de photos de types musclés et bronzés qui se foutent de l'huile partout sur le corps. Legendre était devenu rapidement accroc. Il en raffolait. Je n'avais pas cherché à en savoir plus. Encore un pédé, je m'étais dit.

Mon seul petit moment agréable de la journée, c'était aux alentours de 19 heures quand Mme Yéva passait acheter ses Gauloises blondes. Sacrément bien chargée. Une belle femme, ça oui. Elle laissait toujours derrière elle une traînée de parfum, comme un grand nuage rose, un nuage d'amour. Une odeur sucrée qui arrêtait le temps dans le bar. C'est pas que je sois un sentimental mais Mme Yéva, c'est spécial. C'est le genre de femme qui donne de l'inspiration. Il est arrivé qu'une fois ou deux, je lui mette discrètement la main au derrière. Elle l'a vraiment mal pris. Je me suis défendu en disant que je l'avais pas fait exprès mais elle m'a fait une grosse scène. Pendant qu'elle me hurlait à la figure des noms d'oiseaux, je pensais qu'elle avait un sacré caractère et ça m'attirait encore plus fort. Elle vit avec trois hommes et y en a pas un pour rattraper l'autre. Deux fils : un bandit à casquette et un mongol. Et un mari en jogging drogué par la Française des Jeux. Elle doit rester avec lui pour ses prouesses au pieu, je vois que ça. Et encore, faut avoir de l'imagination.

Ma Yéva, c'est bien la seule chose qui va me manquer maintenant.

Je baigne dans mon sang, à poil, dans une position incroyable. Je pensais voir défiler ma vie comme un film, mais c'est une connerie. J'entends seulement des voix.

Tanièl, dit Tani,
Quetur ou bon à rien

Je suis pas turc.

Ils veulent pas capter la différence. Ils passent leur temps à m'appeler « Quetur ». Mais je suis pas turc. Je suis arménien moi. Enfin par ma mère.

Mon nom c'est Tanièl, ma vieille m'appelle « bon à rien » ou « sac à merde » la plupart du temps. Pour l'école, je m'appelle Daniel et pour les potes, je suis juste « Quetur ». Si mon grand-père les entendait, il sortirait de sa tombe et leur casserait la gueule vite fait bien fait. J'ai rien contre les Turcs parce qu'ils m'ont rien fait à moi. Mais dans ma famille, on les aime pas beaucoup, seulement on m'a jamais expliqué pourquoi. Ma vieille, quand elle veut pas faire un truc, elle dit : « Plutôt coucher avec un Turc », alors là c'est sûr qu'elle le fera pas parce que pour elle, ça a l'air d'être pire que crever. Elle est flinguée cette femme.

Ça me saoule ces histoires de «Quetur». Quand on va bouffer un kebab à la gare, si le cuisinier se trompe dans la commande, mes potes m'envoient lui parler en turc alors que putain, je parle pas cette langue. De toute façon, je parle pas arménien non plus.

Ils sont jaloux parce que j'ai serré Magalie, la petite blonde de la rue des Acacias. Tous ils étaient à fond sur elle. Surtout Ali. Lui, c'est un nouveau mais comme il est arabe et qu'il arrive des quartiers nord de Marseille, il se fait respecter. Il aime trop se moquer des gens. Je suis pas con, je sais qu'il se fout des autres pour se faire oublier. Il faut dire que niveau physique, Ali, c'est chaud. Les filles, rien qu'elles le vannent sur son gros pif. Elles disent que son nez a pris le pouvoir de son visage, que son nez, il a fait un coup d'État. C'est de là que vient son surnom : «Dictateur».

Malgré ça, il s'est mis tout le monde dans la poche. C'est parce qu'il parle bien. Moi aussi j'aimerais bien parler mais j'ai du mal. Ali, il lit des livres carrément. C'est un truc de ouf. Je pense que les meufs, ça les branche un mec qui lit. Ça fait genre le gars qui s'intéresse à tout. Je parle pas des mecs comme Patinoire, qui se la raconte intello parce qu'il lit *Le Parisien* chaque matin. Ma daronne, elle déteste Ali, c'est celui de mes potes qu'elle déteste le plus je crois. Elle a fait un blocage sur lui, elle dit qu'il a une tête à déterrer les morts pour leur faire les poches. Elle l'appelle «petites couilles». Quand il me siffle par la fenêtre, ma vieille, elle lui crache dessus, il est traumatisé Ali. Un jour, elle lui a envoyé un bon mollard bien salé. C'était dingue, il y croyait pas. Cette histoire a fait le tour de la grande cité. Je me suis affiché encore une fois grâce à la vieille. Elle me saoule. Ouais, elle est vraiment vulgaire ma daronne... Elle se teint les cheveux en noir corbeau et se met du rouge à lèvres bien rouge. Y a pas plus rouge. Et puis elle se dessine un faux grain de beauté à côté de la bouche. Elle se prend pour Cindy Crawford la pauvre. Je sais ce qu'ils se disent tous quand ils la voient passer. Elle ressemble un peu aux femmes qui tapinent derrière la gare. En plus, on peut rien dire, on peut lui faire aucune remarque sinon c'est la guerre. Elle nous sort des discours féministes, style, elle fait ce qu'elle veut, c'est une femme libre. Franchement, je suis d'accord avec elle, mais y a bien des femmes libres qui s'habillent normalement? Tout ce qu'elle est libre de faire, c'est le pot de peinture sur la figure et les jupes

15

ras le cul. J'aimerais mieux qu'elle ressemble à la mère d'Ali. Pour moi, ça, c'est une vraie mère. Un peu grosse. Avec des robes longues. Pas de maquillage. Qui sent juste le savon et qui te demande ce que tu as envie de manger. Du style à s'inquiéter si tu rentres tard. Et qui te soigne quand tu es malade. Une daronne respectable.

Je me souviendrai toujours de la fois où Ali avait chopé la grippe, j'étais allé lui rendre visite et sa mère lui mettait de l'eau de fleur d'oranger sur la tronche, la poitrine et la nuque, c'était pour lui faire descendre la température. La mienne, elle ferait jamais ça, c'est plutôt le genre clope au bec qui laisse derrière elle une odeur de parfum qui pique et qui te fait des doigts d'honneur si tu l'emmerdes. Elle kiffe trop faire ça. Lever son doigt en l'air. Pas besoin de faire un dessin, vous avez compris de quel doigt je parle. Elle le dresse bien raide et elle dit : « J't'emmerde ! Assieds-toi là-dessus ! » C'est abusé.

Je suis un bon fils, je trouve, à part le bordel dans ma chambre et le bruit quoi, mais ça, c'est tout le monde. Je dis ça parce qu'elle peut quand même m'écouter quand je lui parle. Elle met des jupes super courtes. C'est une vieille, bordel, on voit ses cuisses blanches, on les voit de loin. Sur les photos d'Arménie, elle s'habillait pas pareil. Son daron devait lui mettre bien la pression.

Les gens du Balto

Elle a pas de goût, j'aime ni ses vêtements, ni le papier peint du salon, ni les rideaux. J'ai honte d'inviter Magalie à la maison, je veux pas qu'elle voie ma vieille, ni la nappe du salon, ni le canapé à franges, ni mon daron affalé dessus.

J'ai grandi avec les mecs de la grande cité, même si j'avais pas le droit, le soir je traversais le secteur jusque chez eux. On se tapait toujours de bons délires là-bas. Bien sûr, ma mère préférait que je traîne avec mes voisins, les bouffons des pav'. C'était le style à cacher leur feuille avec le coude pour pas qu'on copie sur eux.

Au début, les mecs de la grande cité, ils croyaient que j'avais des thunes parce que j'habite un pavillon. Ils trouvaient ça super de vivre ici. Ils me disaient : «Au moins, vous avez la gare à côté et le centre-ville.» Tu parles ! Je sais même pas si on peut appeler ça une ville. Le marché sur la place, la mairie, La Poste, la pharmacie, la boulangerie, la gendarmerie, le Balto. C'est à peu près tout ce qu'il y a. Pour être sûr qu'on est en 2008, faut prendre le train et s'éloigner pas mal. C'est dans le RER que j'ai géré Magalie. Je l'avais déjà repérée depuis deux ou trois semaines, je l'avais trouvée fraîche. Un soir, je l'ai suivie jusque dans sa rue et je l'ai accostée, après je l'ai amenée boire un verre au Balto. Joël, ce bâtard, il l'a affichée. Il a dit comme quoi

17

son père à Magalie, il serait pas content. Elle lui a répondu qu'elle s'en fiche et qu'il ferait mieux de se regarder dans la glace, elle aime pas les moches. Lui, cet enfoiré a gueulé que tout le monde avait bien raison de dire que c'était qu'une sale traînée. Elle en avait les larmes aux yeux alors on s'est tirés. Je l'aurais bien marbré ce jour-là, mais c'était la première fois avec Magalie, je voulais pas qu'elle me prenne pour un sauvage. Joël, c'est vraiment le genre de con qu'on croise une fois ou deux dans la vie, rarement plus. Magalie avait tellement la haine après ça que pendant une semaine, elle allait pisser devant la vitrine du bar juste avant l'heure d'ouverture. C'est vrai qu'elle a un petit grain, mais on en a tous un quelque part dans la cervelle.

En tout cas, la réputation des blondes, c'est pas faux. J'ai pas eu trop de mal à l'accrocher. Deux ou trois paroles douces dans ses oreilles et c'était réglé. C'est pas difficile dans le fond de séduire une meuf. Ce qu'elles kiffent j'ai remarqué c'est être la première dans ta vie. Celle qui a fait mieux, plus que les autres. Si tu lui dis par exemple : «De toutes les meufs que j'ai connues, tu es la seule qui me donne le vertige, ça m'a jamais fait ça avant, c'est la première fois que je ressens ça...» Bref ce genre de foutaises, ça leur plaît. T'envoies un tas de textos les premiers jours, comme ça, elle est bien à fond, parce que les filles, elles pensent que les textos c'est romantique. Au fond, c'est juste économique. En plus, elle peut les relire le soir en t'imaginant, pendant qu'elle se tape ses délires sur ta face, toi, en vérité, tu évites le hors-forfait. J'ai bien rodé la technique. Bon, y aura forcément un moment où elle te dira que t'en envoies plus autant qu'avant mais là, faut être sur le coup, et répondre que tu préfères la voir en vrai. Début de la phase B : tu commences à lui donner des rendez-vous intimes dans des endroits en planque. Genre les parkings le soir. Là, si t'as passé cette phase, t'es le roi du pétrole.

Bon, Magalie, c'est pas que ça, il faut avouer que je passe de bons moments avec elle, elle a de jolis cheveux blonds, des doigts fins, une odeur de citron sur sa peau et une voix douce.

C'est important, ça, une voix douce parce que j'en ai plein le cul de la voix aiguë de ma vieille, elle a un putain de flow stressant qui se colle aux murs. Si elle débarque chez vous, elle va vous refiler le cancer du tympan.

Mon frère aussi, il en peut plus. Yeznig, il est un peu handicapé mental. Faut pas se fier aux apparences, la daronne est dix fois plus timbrée que lui. Mon frère, il fait des trucs hors du commun. Il répète tout ce qu'il entend, au mot près. Une mémoire incroyable. Il parle pas très bien mais pour recracher, ça, il est fort. Je l'ai jamais touché mon petit frère, je lui ai jamais cogné dessus à part peut-être une fois ou deux dans le jardin quand on était petits. La dernière fois que j'ai tapé quelqu'un, c'était justement l'embrouille au lycée. Parce que d'accord, j'ai un petit problème à ce niveau-là, je m'emporte vite. C'est pour ça que j'ai plus d'école. J'ai défoncé le conseiller d'éducation, M. Couvret. Il est en arrêt maladie depuis deux mois. Maintenant je regrette, j'avoue. Il a même pas porté plainte. Mon père a dit : « T'as eu du bol, il doit être de gauche ! » En tout cas, j'espère qu'on va lui réparer les dents. Je devais voir un éducateur spécialisé pour me retrouver un lycée, mais y en a pas à des kilomètres à la ronde. Fallait que je me tape une demi-heure de train, j'ai lâché l'affaire. Même mon petit frère, il travaille. L'autre jour, on lui a tiré sa Game Boy avec son jeu préféré. J'avais la haine. J'ai retrouvé les mecs et je les ai giflés. Un par un. J'aime pas qu'on se foute de sa gueule.

Il est pas idiot mon frangin, il a juste des manies. Par exemple, il compte ses dents à chaque fois qu'il finit de manger, il a toujours peur d'en avaler une sans faire attention. Aussi, il a besoin d'avoir un endroit particulier pour les choses importantes, genre, il a un tiroir qui

Les gens du Balto

déborde de piles dans sa commode. C'est pour sa Game Boy. L'ennui, c'est qu'il mélange les piles neuves avec celles qui sont à plat. Ça rend folle la vieille, elle est obligée de toutes les essayer pour les trier. Mais quand c'est Yeznig, elle l'engueule jamais. C'est son bébé.

Ça me fait pitié, mais il passe son temps tout seul alors il bouffe. Il devient gros et il joue au flipper du Balto pendant des heures. À cause de son retard mental, il a aucune notion du temps. Il confond avant avec après, le passé et le futur. Ma mère s'inquiète et m'envoie le chercher là-bas. Ce bâtard de Joël, il prévient jamais. Ça arrive aussi que les gendarmes le ramènent. Ils le connaissent alors ils sont tranquilles avec lui. Je voudrais faire quelque chose pour Yeznig, mais j'arrive déjà pas à faire grand-chose pour moi-même. Les parents savent même pas que je vais plus à l'école. Je sors de la maison tous les matins à 7 h 30 avec mon sac à dos Von Dutch, mais dedans y a ni livres ni stylos. Juste ma PSP, mon tabac, mes feuilles et mon shit.

Magalie Fournier, dite la blonde, la traînée ou la meuf de Quetur

J'ai envie de mourir. Je sais pas à quoi ça ressemble la mort mais là, j'ai envie, tout de suite. Je veux *die*.

Mon père m'a confisqué mon portable, paraît que j'ai fait exploser la facture. Il exagère toujours celui-là. Attends, ça va, 380 euros, c'est pas la mer à boire!

Comment je vais faire maintenant?

«Tu t'en passeras! On s'en est bien passés nous à notre époque!»

Lol. Ils me font rigoler à me sortir des phrases de ce genre-là. Dsl si je suis pas née avant Jésus-Christ. Pardon de pas avoir connu l'âge de pierre. S'ils ont réussi à communiquer par signaux de fumée toute leur jeunesse alors tant mieux pour eux sauf que je sais pas s'ils sont au courant mais là, on est en 2008. Mes parents, ils sont bloqués dans une sphère temporelle. Sérieux, ils sont restés coincés en 1970 les pauvres. Hé ho ! Y a quelqu'un ? Le minitel avec clavier à chiffres romains c'est terminé ! Debout là-dedans !

Je suis enfermée dans ma chambre depuis le début d'après-midi.

Si Tani m'appelle, je suis mal. J'avais rendez-vous avec lui à 18 heures derrière le parking de Conforama. Il va penser que je l'esquive.

Mais qu'est-ce qu'ils croient ? Qu'être parent ça donne tous les droits ? On n'est pas à l'ONU ici. En plus, leur nouveau truc c'est interdiction formelle de traverser la grande cité. Ils ont peut-être la trouille que je me fasse serrer dans une tournante, qu'on me rackette ou d'autres trucs qu'ils ont vus à la télé. Comme si ça suffisait pas de m'imposer un couvre-feu à seize ans et de m'emmener de force chez le nutritionniste une fois par semaine parce que style, ouvrez les guillemets, je suis anorexique. Envoyez-moi témoigner chez Delarue tant qu'on y est. N'importe quoi ! *Whatever,* je m'en tape.

C'est l'enfer depuis que le vieux a appris que je sortais avec un « gitan ». Il fait aucune différence entre un gitan, un Turc, un Arabe ou un singe. C'est vraiment un gros raciste mon père.

La honte. C'est démodé le racisme que je sache. Si seulement il pouvait aimer les gens comme il aime son labrador, sa vie serait beaucoup plus marrante.

Et puis l'histoire du shit qu'ils ont retrouvé dans mon sac à dos, ça a gâté encore plus mon affaire.

Alors ma mère me saoule tous les jours pour que je fréquente Karine Z., une fille du lycée Simone-de-Beauvoir. La pauvre, elle croit que c'est une fille bien, « une bonne fréquentation », c'est ce qu'elle répète souvent. Maman, elle est complètement à l'ouest. D'abord on est en 2008 comme je l'ai déjà dit et en 2008, on ne se « fréquente » plus, on traîne ou on sort ensemble à la rigueur mais plus personne ne se fréquente. J'ai raison, ils sont bloqués dans les années soixante-dix ces pauvres gens.

Bref, en tout cas, ce bout de chichon qu'ils ont trouvé dans mon sac, c'est la même Karine Z. qui me l'a filé, cette toxico en a toujours plein sur elle. Question « fréquentation » merci beaucoup, elle a attrapé une infection des muqueuses à treize ans cette crasseuse. Je jouais encore à la Barbie à cette époque qu'elle en était déjà à son cinquantième mec. S'il y avait une date limite pour les êtres humains, c'est sûr qu'elle serait déjà périmée comme un vieux brie paumé au fond du rayon d'un supermarché.

Ces jours-ci, c'est la guerre à la maison, des embrouilles tous les jours ou presque. À côté l'Irak, c'est Disneyland. Du coup, ma mère prend des tas de médicaments génériques contre l'anxiété et elle lit des bouquins censés l'orienter dans mon éducation. Ça va de *Comprendre son ado* à *Comment gérer une crise qui tourne mal* en passant par *L'Attitude à adopter face à l'anorexie de son enfant*. Vive les conseils. Elle devrait plutôt se mettre à lire : *Mon mari a du cholestérol, il est raciste et on ne dort plus dans le même lit*. Lol.

Les mecs qui font ces bouquins, ces moralistes à la noix, ils se permettent d'écrire ces trucs pourris mais je suis certaine que leur vie à eux, elle doit pas être géniale non plus. Sinon ils écriraient autre chose.

« Je t'interdis d'aller voir ton gitan ! J'vais finir par sortir mon fusil et lui en coller une dans la tête, j'le buterai et toi avec ! Qu'est-ce que tu cherches ? Hein ? Tu veux finir comme ta sœur ? C'est ça ? »

Ah bah voilà... On y est. Il parle de Virginie. Ma grande sœur qui travaille à la télé. Elle a quitté ce bled pourri et notre famille avec pour aller à la capitale. Moi, le fond de ma pensée, c'est qu'elle a bien eu raison de se tirer, et dès que j'aurai l'occasion, c'est certain que je ferai exactement pareil. Mes parents lui en veulent à mort. Elle s'est barrée avec un producteur de cinquante ans, marié, père de quatre enfants et juif marocain. Ça faisait déjà trop pour le crâne du vieux. Non mais franchement fallait voir sa tête. Lol.

Maman pour le consoler disait quelquefois : «Tu sais, Jules, il aurait pu être noir.» Tout ce qu'il sait faire le vieux quand il est dégoûté ou en colère, c'est caresser Perno, notre labrador. C'est le présentateur du journal de 13 heures qui lui a donné l'idée du nom de son chien. Il trouvait ça mignon.

Bref, si les parents se mettent dans tous leurs états, je pense que c'est juste qu'ils ont peur que je me casse comme Virginie et que je les abandonne entre leurs médocs et le labrador. Mais le pire qui pourrait leur arriver est que je tombe enceinte d'un «gitan», comme ils disent.

Yéva, dite Mme Yéva,
la daronne ou la vieille

Hypocondriaque, qu'ils ont dit à la médecine du travail. Si c'est pour en arriver à ce genre de conclusion, ça vaut pas la peine de faire bac +15 ! Qu'elle troque sa blouse blanche contre mon tablier de cuisine et on verra bien si j'invente. Avec son air supérieur, je lui aurais bien foutu le stéthoscope là où je pense à cette vieille chose. Elle était sûrement jalouse. Je l'ai bien vu au moment où elle m'a demandé d'inspirer et d'expirer. Elle louchait sur ma poitrine. J'attire la haine des femmes et je déchaîne la passion des hommes. C'est comme ça depuis la puberté.

Et avec ça, le chef qui débarque en pleine pause à 15 heures et qui me trouve pas à mon poste. Normal que j'y sois pas ! J'étais aux W.-C. Je démoulais un bronze. Je déposais le bilan, s'il préfère. Voilà! ça lui va? Parce que lui, c'est une princesse peut-être? À croire qu'il va jamais aux chiottes. Je m'accorde dix minutes et c'est ce moment-là qu'il choisit pour venir me pister. Je parle du nouveau chef de service, Joseph Frédéric. Il était venu me faire la morale par rapport à mes arrêts maladie soi-disant répétés ces derniers temps. J'ai l'âge d'être sa mère à ce petit arrogant alors j'ai du mal à supporter ses leçons de morale. Parce que moi, je m'en plains pas de ses dix minutes de retard le matin. Dix minutes chaque jour! J'ose même pas calculer le temps perdu à la longue. Je suis obligée de l'attendre à la porte parce que c'est lui qui garde le trousseau de clés. Il a jamais voulu m'en doubler un jeu. Il se croit tout permis le petit chef. Il le sait le con qu'après cinquante ans, on bosse et on se la ferme.

Depuis qu'il s'est pointé dans l'entreprise, il s'est mis en tête de dépoussiérer l'organisation du service et de rajeunir nos méthodes. Des *process*, des *plannings* et des *briefings* en veux-tu en voilà. Ça commence à puer l'Amérique au bureau. En plus, il me force à sourire au téléphone parce que soi-disant ça s'entend... Tu parles! Je me sens ridicule à sourire dans le vide. Tout ce que je vois en face de moi c'est un mur et les chatons du calendrier de La Poste.

Il pète plus haut que son cul parce qu'une

troupe de dindes lui court après. Des mémères de cinquante berges fichues comme des cageots et même pas maquillées qui lui cirent les pompes à longueur de journée. «Joseph, vous voulez un petit café?», «Joseph, vous avez bonne mine! Vous revenez de week-end?», «Joseph, j'ai nettoyé votre écran d'ordinateur!».

Ça me dégoûte! Patricia et Simone. Les plus grosses lèche-culs que j'aie jamais vues. Voilà les collègues que je me cogne. Elles ont essayé de se faire amie-amie avec moi au début, mais je les ai prévenues que j'étais pas là pour me faire des copines. Si je me tape le RER aux heures de pointe, c'est pour venir bosser, pas pour faire amitié avec des Barbie en fin de carrière. Et leur façon de changer de sujet illico quand je me pointe dans le bureau. «J'ai les oreilles qui sifflent», je leur dis. Et elles, avec leur sourire de faux culs : «On parlait pas de toi, on discutait de la nouvelle femme du président. T'as vu ça?» Alors moi, je réponds : «J'en ai rien à taper de sa nouvelle femme au président, c'est clair? Je suis trop occupée à travailler plus pour gagner plus!»

Je pointe, je prends le train, je vais acheter mon paquet de Gauloises au Balto et j'arrive à la maison à peu près tous les jours à la même heure, ce qui prouve qu'il n'y a jamais d'imprévu. Dès que je franchis le seuil, je vois la vie en noir et blanc tellement c'est l'emmerde. Le vieux, le cul collé exactement au même endroit en face de la télévision. Il a fait presque un trou dans le canapé. Qu'est-ce que je dis ? Une fosse, avec un derrière pareil.

J'ai entendu à la radio que pour 200 000 euros on pouvait partir en apesanteur trois minutes à cent kilomètres au-dessus de la Terre. Ça voudrait dire que bientôt un type va claquer l'argent que je vais mettre ma vie entière à réunir, le temps d'une clope.

Enfin, ce qui est sûr, c'est que mon rêve à moi, il est moins cher à réaliser. J'aimerais une fois dans ma vie savoir à quoi ressemble le « repos ». Pas le repos éternel. Bien que celui-là, des fois, je l'inviterais bien dans mon lit.

Un peu de tranquillité, c'est pas trop demander ?

Le RER de 5 h 17 à 0 h 35 tous les jours. Avec tout ce boucan, autant vivre près d'un aéroport, ça permettrait au moins de rêver.

Au boulot : les allers-retours de Simone dans le couloir, le bruit de la machine à café, les chiottes collées à mon bureau et leurs concerts de chasses d'eau, le signal du téléfax, la sonnerie du téléphone, la voix de Joseph, le ronronnement du climatiseur, les clients mécontents et je sais de quoi je parle, je suis chargée d'enregistrer les dossiers litigieux. En prime, depuis une semaine, ils ont démarré le chantier de la clinique juste derrière l'immeuble, avec marteaux-piqueurs et compagnie.

À la maison, la télé allumée en permanence, et comme le vieux est un peu dur de la feuille, souvent le son est à fond. Dans la chambre des garçons, du rap toute la nuit. C'est surtout Tanièl, le plus grand, qui écoute ces trucs de sauvages. Ce sac à merde adore traîner avec des bandits, comme ceux qu'on voit à la télé, des noirs et des Arabes avec la tête rasée de préférence.

Bon Dieu, qu'est-ce que j'ai fait pour mériter ça ? Rien que d'en parler, j'ai des palpitations. Qui m'a flanqué un abruti pareil ? Acheter un pavillon à trente mètres de la gare RER ! Pratique et pas cher, qu'il m'avait dit. Tu m'étonnes ! En attendant, c'est moi qui me casse le dos pour finir de rembourser le crédit.

Si j'avais écouté mon vieux père – paix à son âme – j'aurais épousé un Arménien avec une moustache bien fournie, il m'aurait construit une maison en briques et je me serais tirée depuis longtemps.

Et l'autre, scotché devant la télé comme une mouche prise au piège d'une bande Baygon. Impossible de le bouger de là. J'ai renoncé de toute manière.

En avril 1991, il est allé s'asseoir dans le public

du «Juste Prix», une émission qui était diffusée le midi à l'époque. Ça lui a tellement plu qu'il se repasse encore la cassette. On le voit seulement une demi-seconde dans le fond en train d'applaudir comme un benêt.

Récemment, il a même voulu s'inscrire au jeu des boîtes. Il a téléphoné au numéro à 1,54 euro la minute et on lui a envoyé un formulaire compliqué qu'il m'a forcé à remplir. Mensurations, profession, couleur des yeux, passions...

Je me suis emmerdée à enrouler mon mètre de couture autour de son corps flasque pour le mesurer. J'ai rempli chaque case avec mon stylo bic mais, arrivé à celle des passions, le vieux a séché. C'était le bug informatique. Rien. Aucune idée lui venait dans le crâne. On a fini par mettre «Jeux de hasard et TV».

Si c'était que les émissions débiles, ça irait encore... Mais non, Monsieur a la maladie du jeu.

Il faut qu'il joue au moins une fois par jour. Y a plus que ça pour le faire sortir. Et une fois lancé, il faut pas compter sur ce pervers de Morvier pour le freiner.

Heureusement, il a arrêté le casino. Parce qu'à l'époque, il allait se ruiner avec les copains de l'usine. Il misait comme un fou tout le week-end et se rendait compte de rien jusqu'au lundi suivant.

Les gens du Balto

Le banquier téléphonait : « Monsieur, pouvez-vous me confirmer avoir signé deux chèques de 4 000 francs chacun ? »

Quel con ! À la maison, c'était un vrai sketch. Il se tapait les joues, il chialait. « C'est pas possible ! J'ai pas pu faire ça ! Je te jure que j'ai dû jouer 50 balles maximum ! »

Alors comme il commençait à suspecter les copains de lui piquer son fric, il s'est mis à y aller seul et en cachette, mais je finissais toujours par l'apprendre. La semaine d'après, un nouveau coup de fil de la banque et encore le même cinoche.

Pire qu'un gosse. Quand il se mettait dans ces états, j'avais envie de lui planter mon couteau de cuisine dans le bide. Je crois qu'il a arrêté à temps. Ça me faisait monter la tension. Une fois surtout où je l'avais pris en flagrant délit. J'ai honte de le raconter. C'était un samedi après-midi, il faisait une partie de bataille navale avec ses fils, ils étaient encore tout gamins. Je me suis dit : « Tiens, tiens, gros cul s'occupe de ses mômes ! Qu'est-ce qui lui prend ? » En fait ils jouaient du fric ! Vous vous rendez compte ? Je l'ai surpris en train de parier de l'argent avec ses propres enfants. J'étais en rogne contre ce salopard, je lui aurais bien fichu les pions dans le cul. C'est honteux pour un père de famille. Je suis intervenue à temps, il aurait tapé tout leur argent de poche.

Finalement, je lui ai posé un ultimatum. Il devait arrêter le casino. Je lui ai laissé seulement un ou deux grattages par jour et le Loto Foot, je pouvais pas lui enlever ça, il aurait pas survécu. Pour le faire céder, j'ai décidé de fermer mes cuisses à double tour pendant un certain temps. Il a quand même tenu deux mois, étonnant pour un vicelard comme Coco. Il a fini par aller chez les flics pour s'interdire de jeu. C'était pas trop tôt, j'en pouvais plus. Je devais bosser deux fois plus et me taper des heures sup avec ces pétasses de Patricia et Simone, non seulement pour le crédit du pavillon mais aussi pour l'aider à remonter son découvert. La fermeture de l'usine, ça a été un coup dur.

Depuis, à part la télé et le Balto, y a plus rien qui compte. D'ailleurs, il y passe un peu trop de temps pour ses jeux à la con. Franchement, j'aime pas trop l'endroit. À peine j'ouvre la porte, y a une violente odeur qui m'attrape le nez. Une odeur de bière et de chômage.

Si j'avais pas sept kilomètres à me taper pour acheter mes clopes ailleurs, j'y mettrais jamais les pieds. Je vois bien que Morvier, le patron, a cette drôle de façon de me reluquer, avec un air bien dégueulasse. Un jour, j'ai bien failli lui foutre une raclée. Il s'était mis derrière moi sous prétexte de ramasser des tickets par terre, il en a profité pour me peloter le fion. Que je sois bien roulée, je comprends que ça mette certains dans des états dingues, mais ça n'excuse pas tout. Si au moins il était attirant, il pourrait se le permettre. Mais Joël Morvier, c'est un des types les plus répugnants que je connaisse. Les mecs comme ça, ils sont capables du pire. Faudrait l'interner ou l'égorger. Je l'ai pas raconté à Jacques cette histoire mais s'il l'apprenait, il lui ferait la peau. Enfin, si Monsieur daignait lever son gros pétard pour sa femme... J'ai pas besoin de lui de toute manière. Je suis pas le genre de femme faible qui crie au secours. Je fais mes affaires moi-même. D'ailleurs, je fais tellement tout moi-même que je devrais réclamer l'allocation femme isolée.

Si je pouvais au moins compter sur Tanièl. Mais il vaut pas mieux ce sac à merde, je passe mon temps à l'engueuler. Alors que Yeznig, mon bébé... Son handicap, ça le secoue pire qu'avant, avec la puberté, les hormones et tout le reste. Son père lui a bien proposé d'aller aux putes mais il n'a pas voulu. Qu'est-ce que je peux bien faire ? Je dois gérer en même temps deux crises d'adolescence et une crise du chômage.

Jacques, dit Jacquot,
le daron ou Coco

Troisième fois qu'il revient.

Ce coup-ci, la cagnotte de 10 300 euros. Doute de rien lui. Trois mois que j'ai pas vu un candidat aussi bon.

Petit polo blanc, pantalon trop court. Bonne tête d'ingénieur informatique.

« Voici notre champion : Didier, trente-sept ans, de Wattrelos dans le Nord. Il est ingénieur informatique. Un grand passionné de bande dessinée, il en possède plus de trois mille. C'est aussi un amoureux de poésie japonaise et de voyages. »

« Quels voyages ? » qu'il lui demande le présentateur. Alors Didier : « L'Écosse, parce que c'est tout près et que c'est très dépaysant. Nous y allons aussi souvent que possible avec ma femme Nathalie, et Léa, notre fille de treize ans qui est devant son poste.»

«On salue Léa!» qu'il lui fait l'autre. «Croise les doigts pour papa!» qu'il rajoute Didier. Se marre comme un dindon, agite son double menton bien en face de la caméra. Présentateur, lui, se marre pas. Doit en être à la troisième émission à enregistrer depuis le matin. A l'air d'en avoir sa claque.

Jingle.

«Accueillons maintenant les autres candidats!»

Didier est sur ses gardes. Il me fait penser au bouledogue des voisins. Déjà les mains sur le buzzer. Guette ses futurs adversaires.

Une petite boule déboule, courte sur pattes. On croirait qu'elle va rouler. Petit sourire crispé, tient son pendentif de la Vierge Marie très fort dans sa main.

«Sylvette, quarante-quatre ans, de Pessac en Gironde, secrétaire d'administration dans un service de pension. Elle est déjà deux fois grand-mère et se passionne pour la philatélie et les grands-ducs hongrois.»

«Ça va, Sylvette? Un peu le trac?»

Elle a dû se pisser dessus. Présentateur tente une blague pour la détendre. Raté. Elle se met à trembloter.

Les gens du Balto

« Nous accueillons maintenant Denis, vingt-trois ans, de Marseille dans les Bouches-du-Rhône. Il est étudiant en histoire médiévale et se passionne pour la plongée sous-marine et les cétacés. »

Deux longs bras maigres, un corps blanc, tout mou. Il porte une chemise pas à sa taille, un jean pas à sa taille et la tête... pas à sa taille non plus. Crâne énorme, j'en ai jamais vu de comme ça. Et Dieu sait qu'à l'usine on avait des ouvriers physiquement déformés. Y avait des cas d'études. Avec les copains, on se demandait si c'était de naissance ou si c'était le boulot. Mais le Denis, là, c'est un champion niveau Tchernobyl.

Me fait penser aux monstres dans les bouquins de science-fiction que je lisais quand j'étais môme. Je savais pas que Frankenstein était planqué à Marseille. Faire de la plongée avec cette tête-là ? C'est comme si on jetait l'ancre !

Le suivant arrive d'un pas pressé. Cravate à rayures et petites lunettes dorées. Sûrement un militaire à la retraite.

« Et enfin, Yves, soixante-quatre ans, XIVe arrondissement de Paris, professeur de lettres à la retraite, c'est aussi un ancien champion de France de ski de fond. Aujourd'hui, il se consacre à sa passion, la cuisine asiatique. »

Belle brochette de passionnés. Ça me fiche le cafard. Re-jingle.

TIN TAN TIN – TIN TAN TIN – TIN TIN TAN TIN TIN.

Parie que Didier gagne encore ce coup-ci et empoche les 10 300 euros. La dernière fois, le finaliste a merdé sur cette question : « Quelle planète du système solaire appelle-t-on plus communément "l'étoile du Berger"? »

Le type a séché. Il s'appelait Stanislas, je me souviens parce que le présentateur a enfoncé le clou : « Bah alors? Qu'est-ce qu'il s'est passé, Stanislas? C'était Vénus! » Il a bégayé une phrase pour sauver sa face, mais c'était fini. A dû marmonner : « Bien sûr. Je le savais... »

À voir sa gueule au moment du jingle final, il était à deux doigts du suicide. Il a pas dû fermer l'œil pendant des semaines après ça.

Se foutre dans des états impossibles tout ça pour gagner des dictionnaires Larousse. Au mieux, ils repartent avec le dico du pinard et au pire avec celui des noms propres. Ou alors faut être une tronche et revenir cent trente fois, comme Didier, pour s'en tirer avec un peu de fric.

Avant, ma vie c'était : boulot à l'usine, café derrière l'usine, copains de l'usine, sorties avec le syndic des ouvriers de l'usine. Maintenant, enlève le mot «usine» et tu verras bien ce qu'il reste. Que dalle.

J'espère que mon Tani fera des études, histoire de pas se retrouver comme moi à cinquante-six ans au milieu du canapé du salon.

Con comme il est, attends pas qu'il devienne docteur mais au moins vendeur chez Darty, ce serait déjà pas mal. Là-bas, ils sont bien fringués, ils sentent bon et vendent des téléviseurs écran plat. Par contre, pour le petit, c'est foutu. Il est réduit mentalement. Cette année, il s'habille tout seul et a arrêté de pisser au lit, c'est pas si mal.

Rester sans bosser, pour moi, c'est pas bon, ça me fait repenser au casino. Juste un petit tour aux machines à sous me détendrait un peu mais j'ai plus le droit. Je suis interdit de jeu.

C'est comme porter plainte contre soi-même. On a trop déconné, on s'engueule et on s'interdit de recommencer.

Je suis retourné là-bas une seule fois depuis. J'ai présenté ma pièce d'identité, la gonzesse a dit: «Ah non! Vous êtes interdit de jeu.» Alors moi, j'ai insisté: «Allez siou plaît!»

Je me voyais là, devant elle, en train de la supplier d'entrer. Une semaine avant, je suppliais les flics de plus me laisser mettre les pieds au casino. Un monde de dingues. Comme un alcoolique

« interdit de bistrot » ou une prostituée « interdite de trottoir ». Tout ce qu'il me reste, mes grattages, mes grilles de Loto sportif et mon Rapido au Balto. Rendez-vous des ex de l'usine. On reparle de l'époque. Surtout du fameux lundi. On a tous reçu le recommandé de licenciement le même jour. À La Poste, ça a chialé. Même des armoires de cent kilos. Deux cent cinquante personnes sur le carreau d'un coup deux semaines avant Noël. Bonne année les pauvres !

Je peux pas m'empêcher de rêver d'un gros gain au jeu, ça résoudrait tous mes problèmes. De temps en temps, j'ai une petite lueur d'espoir quand je gratte un ticket à 2 euros et que je gagne 2 euros, parce que ça me permet d'en reprendre un.

Jojo, le patron du café, il se fiche de moi. Il a une gueule de salopard. Vraiment, c'est écrit sur son front qu'on peut pas lui faire confiance. Il me dit : « Jacquot ! Je viens de recevoir une lettre de remerciement de la Française des Jeux pour toi ! Tu leur files tellement de fric qu'ils voulaient te témoigner leur reconnaissance ! » Et puis il rit derrière son comptoir. Comme dit ma chère femme, jamais à court d'une vulgarité : « Celui-là, il a un rire d'enculé. »

Je l'avais dit ! Didier a emporté le gros lot. Il a raflé la mise le veinard. En finale contre Gros

Crâne. Ça s'est joué à rien. Je verrai demain s'il gagne encore ou si un nouveau spécimen déformé va le mettre à plat. Là, il est l'heure des boîtes d'Arthur, c'est Poitou-Charentes qui joue aujourd'hui. Une petite nénette de trente ans très bien foutue. Je sais que Yéva va gueuler si elle me voit regarder ça. Elle dit : « C'est idiot comme jeu. » Je crois qu'elle préfère encore l'émission des dictionnaires, ça lui donne au moins l'impression que je me cultive.

Elle va pas tarder à se pointer d'ailleurs. Elle foutra les clés dans la serrure. L'horloge indiquera 19 h 04 ou avec un peu de bol, 19 h 15 si elle rate son RER. Elle entrera dans la maison et fera claquer ses talons hauts sur le carrelage. Tout à coup, elle criera : « Je suis rentrée ! »

Comme si je m'en étais pas aperçu avec son boucan.

Comme chaque soir, elle ira plonger sa tignasse dans le congélo en gueulant : « Qu'est-ce que tu veux bouffer ? » Sans me laisser le temps de répondre, elle gueulera encore : « Y a des escalopes de dinde ! » Je boufferai des escalopes de dinde mal assaisonnées. Et si j'ai le malheur de l'ouvrir sur la nourriture, elle me fera une crise.

« T'es pas content ? Va à la cuisine et fais cuire une tranche de ton gros cul ! Tu verras bien quel goût ça a ! Alors mange et ferme ta grande gueule !

Les gens du Balto

J'aurais dû écouter mon vieux père – paix à son âme... »

Les femmes de la télé, au moins elles parlent bien. Ma femme, elle est vulgaire. Je vous assure, elle me fait honte, elle parle comme un camionneur. Affolant.

Marcel, notre patron, disait souvent : « Le silence est le plus beau bijou d'une femme, malheureusement, elle le porte rarement. »

Nadia et Ali Chacal, dits les jumeaux, les Marseillais ou les chacals

— Ali ! C'est moi qui parle en premier pour une fois !

— Bah vas-y parle. Qu'est-ce que tu vas nous faire, là ? Ton numéro de Ni Putes Ni Soumises ? Parle allez ! Je te laisse la parole.

— Déjà, je voulais dire que ça me fatigue ce que les gens racontent sur notre famille, les rumeurs et tout. J'ai envie de dire la vérité c'te fois-ci. « D'abord ouais, notre père travaille au marché. Il est pas au noir. Il a une licence comme n'importe quel commerçant. Il se lève tôt. Il vend des légumes. Les légumes, c'est important pour la santé. Même dans la publicité, ils disent qu'il faut en consommer au moins cinq par jour.

— Bref abrège.

— Tu as dit que tu me laissais parler. Bon.

Ensuite, on n'est pas dix frères et sœurs mais cinq. Et c'est pas la même chose. Au lycée, les réflexions sur les allocations familiales, je commence à en avoir marre.

— Ça, c'est vrai. C'est un préjudice.

— C'est un préjugé pas un préjudice.

— C'est bon madame, apparemment tu connais tout et je connais dégain, alors continue. Excuse-moi ! J'avais oublié que toi, tu n'as pas redoublé.

— Je te remercie Ali de ne pas me couper toutes les trente secondes. Si je raconte ça, c'est pour qu'on comprenne bien qui on est chez nous. Je trouve quand même qu'il y a pas mal de cons dans c'te ville. Sincèrement, quand papa nous a dit qu'on montait à Paris, dans ma tête, j'ai vu la tour Eiffel, les boutiques, l'ambiance. J'ai pensé que ça allait être la fête et que la seule chose que j'allais regretter c'est la mer. En vrai, c'est pas Paris ici, c'est rien du tout. C'est la campagne, il faut une heure et demie de train pour toucher la capitale. Le seul truc bien, c'est qu'on a une vraie maison maintenant. C'est bien, parce qu'on est plus les uns sur les autres.

— C'est surtout maman qui est ravie. Elle a un petit jardin alors elle s'est fait un potager. Elle plante de la menthe et des tomates.

— Mais pour nous qui sommes jeunes, c'est moisi comme endroit. Ali toi tu t'es intégré, tu t'es fait une bande mais moi, j'arrive pas à supporter. C'est pourri. Ici, y a que des retraités. Surtout des femmes et elles doivent bien s'ennuyer, parce qu'elles passent leur temps à faire des remarques. Si y a le moindre papier qui traîne dans la rue, automatiquement, c'est notre faute. Si c'était pas maman, j'aurais réglé l'histoire depuis longtemps, vieille ou pas vieille. Je leur aurais mis un gros coup de pression, crise cardiaque directe.

— Regarde comment tu fais! On va passer pour des sauvages encore à cause de toi.

— Y a pas besoin de moi, on passe déjà pour des sauvages, c'est pas nouveau. C'est dommage que maman s'écrase. Elle fait toujours ça. Papa aussi d'ailleurs, mais moins. Toujours en train de dire qu'il faut rester discrets, se comporter comme des invités, pas faire d'histoires, parce que c'est pas notre pays. Elle, d'accord. Mais nous, c'est notre pays! Comment! On est nés ici! Si elle veut rester invitée, c'est son boucan, mais moi, pardon, je suis chez moi, même dans c'te campagne.

— Faut pas mettre tout à l'envers Nadia. Tout le monde est pas raciste. Ça s'appelle la paranoïa.

— Oh! dis donc! On débouche le champagne ou quoi? Tu nous sors des mots scientifiques maintenant? Tout ça pour impressionner les roumis. T'es grave. Et ça ne te rappelle rien l'histoire du bar-tabac ? Chaque fois que papa va prendre son journal, le mec du bar, le chauve, là, il lui balance, limite il lui jette à la gueule. À croire que notre argent à nous, il est sale. Et quand il lui sert son café, il fait exprès de le faire déborder ce chien. C'est papa qui nous raconte. J'invente pas.

— Il n'a qu'à réagir papa, c'est tout. C'est pour ça qu'il se fait marcher dessus.

— N'importe quoi ! Normalement si t'étais un bonhomme, t'irais lui casser la gueule au gadjo, on doit défendre notre honneur. On n'est pas des gens sales. Au moins papa, il fait la prière. Il se lave cinq fois par jour, y compris le derrière. Alors c'est pas ce type qui ne connaît que le papier-toilette, un gros dégueulasse pareil qui va lui marcher sur les pieds. Avec ses ongles noirs remplis de crasse, comment il peut regarder papa de haut ? Ce sont eux qui sont sales ouais !

— C'est pas mon problème à moi. Papa, il est né dans la guerre, son père a fait la guerre, son grand-père aussi. Il peut très bien se défendre s'il en a envie ! Moi, ça va, ici je me suis fait des camarades.

— Ouais, ben vive les camarades, si je me rappelle bien, c'est ton camarade le Turc qui t'a piqué la fille que t'aimes ? Hein ? Tu t'es fait doubler ! La honte !

— Tais-toi ! On t'a rien demandé, d'accord ? Ça te regarde pas.

— Si ça me regarde ! Bien sûr ! Je le dis parce que cette histoire, elle m'a trop énervée. Tout ce boucan pour une petite pétasse de blonde, là ! Elle est dans ma classe, je sais de quoi je parle. La Magalie tout ce qu'elle vient faire à l'école, c'est montrer ses strings multicolores et allumer les garçons. Même notre prof d'anglais, elle lui fait du charme, j'ai jamais vu ça. C'est quoi c'te fille ! La honte ! Si maman savait ça, elle te renierait.

— Qui te parle de maman ? Laisse-la en dehors.

— Ouais, ben en tout cas, c'est pas une fille recommandable. Je traînerais jamais avec elle.

— Elle est trop belle pour que tu traînes avec. Reste avec tes copines moches comme toi. Faut pas mélanger.

— Va te faire voir ! Tu es pas mieux mon pauvre. C'est pour ça qu'elle s'est pas intéressée à toi, elle a préféré ton camarade turc qui se parfume au shit. De toute façon, tu es jaloux de lui et c'est tout.

— C'est toi qui es jalouse. Tu fais que la critiquer et tu rêves d'avoir sa vie en vérité. Toujours en train de parler mal : « La blonde ceci, la blonde cela. » Au fond, tu veux lui ressembler. Si t'avais pas un si gros cul, tu lui emprunterais ses strings tiens ! Si t'avais choisi, tu serais blonde. Avec tes

cheveux crépus on dirait un buisson et tes bru-
shings qui durent deux heures, tu ressembles à
dégain.

— Je t'emmerde, je suis moi-même. Je reste
comme j'étais à Marseille. J'essaie pas de ressembler aux blancs du village. Tu bois de l'alcool
comme eux et tu veux sortir avec des blondes.
D'ailleurs, ta copine Sabrina, si tu te souviens
encore d'elle... ou bien, je dois dire quoi? Ton
ex-copine Sabrina? Elle fait que d'appeler à la
maison la pauvre. Crois-moi, la prochaine fois
qu'elle téléphone, je vais l'encourager à chercher
un autre gadjo, c'est mieux pour elle, je lui dirai
la vérité.

— Mêle-toi de ta vie Nadia. Je suis un grand
garçon. Magalie, je l'aime et c'est tout, elle verra
bien. Je suis pas un perdant. En venant ici, on a
l'occasion de tout reprendre à zéro, je veux montrer que je suis capable. J'aurai ce que je veux.

— À ta guise monsieur le héros. Avec toi, j'ai
l'impression de regarder un film d'amour pakista-
nais comme ceux de maman. J'attends plus que
la chorégraphie. T'as de la place pour courir et
jeter des pétales de fleurs, on est à la campagne,
c'est plein de champs...

Yeznig, dit bébé, le gros ou l'handicapé

Cette année, il s'est mis à y avoir des poils partout. Dans tous les sens. À cet endroit, ici et là surtout. La semaine prochaine, j'ai fêté mes treize ans. J'étais grand maintenant. Même si maman dit : « mon chéri » et elle dit aussi « mon bébé ». À la télé, on ne montre jamais de bébé avec des poils et dans la rue, dans leurs poussettes, ils n'auraient pas de poils non plus. Je n'étais plus bébé. Elle ne veut pas arrêter avec cette histoire de bébé. Moi, elle me dira « bébé » et à papa, elle dit « connard ». Voilà.

Un jour, je voudrais la faire glisser par les escaliers ou la ranger dans le frigo, là où elle cacherait mes cornets de glace. Un jour, peut-être. Elle m'interdit les choses sucrées parce que le docteur dit que j'étais trop gros mais pourquoi il est si gros lui, le docteur ? S'il a le droit de dire que je suis gros, il ne doit pas être gros. Il dira aussi à maman : « Arrête de fumer, c'est mauvais » et un jour, je l'ai vu avec ça. Un docteur gros qui fume n'est pas un vrai docteur sinon il doit laisser tout le monde manger des sucreries et fumer beaucoup de cigarettes. S'il dit quelque chose comme ça, encore, je lui enlève les yeux pour donner à manger aux oiseaux. Voilà.

Je travaille au CAT le matin et je rentre la nuit. CAT : ça voudrait dire Centre d'aide par le travail. Arnaud, le directeur me dira ça. Il dit qu'il m'aide mais c'est moi qui les aide : je collerai des étiquettes sur des boîtes, toute la journée. La même chose encore, encore, encore. Étiquettes, boîtes, étiquettes, boîtes. Je serai président de la République, parce qu'il peut être à la télé et dans le journal en même temps et il fait ce qu'il veut, il prend l'avion, il va dans tous les pays, et il a plein d'argent et des lunettes de soleil. Mais, Joël, le chef du flipper, il m'a dit que je suis jamais un président de ma vie, il dit : « en France on n'a jamais vu un président mongol » et il rigole de moi. Joël, il est plus mongol que moi. Il touche toujours ses cheveux de derrière, il a peur qu'ils se détachent peut-être. Lui aussi il a un tas de poils, sous la chemise, dans les oreilles, le nez et sur les doigts aussi. Et puis souvent, il se gratte dans le pantalon. C'est pas propre. Maman criera avec sa voix quand je le ferai. « Non ! Mon bébé ! On fait pas ça ! C'est dégoûtant ! » Alors je le faisais plus. Je le faisais quand elle est pas là. Quand j'étais un président bientôt, les poils étaient interdits.

France Bleu Île-de-France

Que s'est-il passé au Balto, ce tranquille bar-tabac de Joigny-les-Deux-Bouts, dans la nuit de vendredi à samedi ? C'est la question à laquelle devront répondre les enquêteurs après la découverte, ce matin, du corps de Joël Morvier, le patron de l'établissement que les gendarmes ont retrouvé le ventre lardé de sept coups de couteau et le visage tuméfié. Spontanément, habitués et simples badauds ont afflué vers le bar pour rendre un dernier hommage à celui que tout le monde, ici, surnommait amicalement « Jojo ». Des pleurs, des visages graves, de l'incompréhension surtout. Ici, tout le monde se demande qui a pu en vouloir à Joël Morvier, cette figure si appréciée de Joigny-les-Deux-

Les gens du Balto

Bouts. L'enquête commence à peine mais déjà les esprits s'échauffent, certains évoquant la découverte d'un nouveau tueur en série, d'autres privilégiant la thèse d'une soirée qui se serait mal terminée. Alors que les premiers témoins vont être entendus dès cet après-midi dans les locaux de la gendarmerie, le maire Pierre Ledoux a tenu, à notre micro, à calmer les esprits. « Même si à l'heure qu'il est aucune piste n'est écartée, il n'y a aucune raison de penser qu'il puisse s'agir de l'acte d'un tueur en série. Je demande donc à tous les Joigniens la plus grande sérénité. Nous traversons une épreuve difficile mais Joigny-les-Deux-Bouts en a connu d'autres et j'ai toute confiance en mes concitoyens pour traverser celle-ci, encore une fois, dans la plus grande sérénité. Je crois que la justice doit faire son travail et la meilleure chose que nous puissions faire pour l'aider est de nous préparer à affronter la vérité, toute la vérité. »

Joël, dit Jojo, dit Patinoire

À 8 heures passées, le rideau était encore baissé. Ma petite troupe d'alcooliques s'impatientait. Ils ont dû sentir que quelque chose de louche était arrivé. J'ai toujours dit que les siffleurs de pastis avaient un bon instinct. C'est la Veuve noire qui a pris l'initiative d'appeler les gendarmes quand, en faisant le tour de la boutique, elle s'est aperçue qu'à la porte de la réserve, on avait déposé les livraisons du jour à même le sol.

Ils ont rappliqué illico. Moi-même j'étais surpris.

Vincent Bergues, la Flèche jaune, commandait les troupes. On l'appelle la Flèche jaune parce qu'il fait du jogging le dimanche et depuis le bar, on le voit passer à toute allure dans sa combinaison moulante jaune fluo. Sans déconner, ce type n'est pas n'importe qui, il a gagné les Foulées de l'Oise en 1994.

Je trouve qu'il a une tête à prendre les choses en main cet homme-là. Mâchoire carrée, épaules carrées, le cerveau aussi doit être carré, carré comme la camionnette dans laquelle ils ont rappliqué. Le véhicule était flambant neuf. Je me suis toujours demandé pourquoi on mettait autant de fric dans leurs équipements. Avec la baisse du pouvoir d'achat et le trou de la Sécu, c'est pas le moment de jouer les don juans dans des fourgonnettes de luxe. Surtout qu'ils n'ont pas grand-chose à faire dans le coin ces feignasses. Si j'étais pas là pour leur donner du boulot, c'est pour acheter leurs mots fléchés et leur sudoku qu'ils seraient venus jusqu'ici. Quand Bergues a fait ordonner d'ouvrir le rideau de fer, c'était magique, mieux qu'un film américain. Un énorme nuage de lumière a éclairé la flaque de sang rouge vif qui s'était formée autour de moi. Papa Jean, si tu me voyais, tu serais content. Même avec les années de chasse que t'avais dans le dos, je suis sûr que t'as jamais vu un aussi beau gibier.

La lumière s'est mise à caresser mon cadavre, lentement. J'étais une star, Elvis sous les projecteurs, pour ce qui allait être le concert du siècle.

Ils ont poussé un hurlement tellement puissant, qu'on a dû l'entendre à Paris. La Veuve noire est même tombée dans les pommes. Moi, j'avais envie d'une cigarette.

Je voudrais rendre compte de ce moment avec le plus de poésie possible. Il m'en a beaucoup manqué dans la vie, alors j'essaie d'en foutre un peu dans ma mort. Un bar désert, le cadavre d'un homme simple, une farandole de képis et quelques chômeurs transis de froid.

Tout s'est passé très vite comme dans les publicités pour l'assurance vie où on voit défiler les saisons. Prendre une assurance vie, c'est comme me marier, encore une connerie que j'ai évitée. On crève, on crève et puis c'est tout. Je sais très bien ce qui va se passer, l'État récupérera mon bar-tabac, il sera vendu aux enchères puisque aucun héritier. Tous ces cons finiront par me regretter en voyant arriver au Balto une famille chinoise crapuleuse qui leur servira des nems avariés en plat du jour et aménagera la cave en atelier de couture clandestin.

Très vite, des types sont arrivés en renfort avec d'autres camionnettes neuves, généreusement offertes par le ministère de la Défense. Ils ont procédé à ce qu'ils appellent le « gel du lieu ». Ils ont déroulé les tresses de balisage et repoussé les curieux. Une aubaine pour eux, un fait divers qui fera les gros titres demain. Quand ça passera au JT, je parie que leur femme enregistrera la séquence sur VHS pour la postérité. Environ une heure après, les chirurgiens ont débarqué. Des mecs pointus. J'avais jamais vu ça. Ils ont enfilé des protections pour éviter de contaminer les lieux et portaient des combinaisons intégrales, des gants, des surchaussures et même des masques. À l'aide d'une pince en métal, ils ramassaient tout un tas de saloperies dans la pièce qu'ils foutaient dans des sachets en plastique. Un peu plus tard, y a eu carrément le photographe. Je l'avais dit que j'étais Elvis. C'était pas vraiment *Paris Match* ou *Voici* mais quand même. Le photographe des flics m'a mitraillé. J'avais envie de lui dire qu'il m'est arrivé d'être plus photogénique mais c'était pas l'heure de faire de l'humour. Je respecte les gens qui travaillent.

Il y avait un attroupement de plus en plus important devant mon Balto. Pas con le Jojo. J'ai choisi le bon jour. On est samedi. Aucun de ces crétins n'est au boulot, enfin je parle des rares qui bossent.

Ils étaient tous agglutinés devant la vitre, cherchant à satisfaire leur curiosité dégoûtante. Je cherchais dans cette foule de rats le regard de ma Yéva. J'aurais aimé la reluquer une dernière fois. La regarder allumer sa Gauloise blonde et voir ensuite la magnifique trace de rouge à lèvres qu'elle laisse chaque fois sur le filtre. Il m'est arrivé de ramasser ses mégots, je les gardais juste comme ça. Je la voulais dans mon pieu et si j'étais pas mort, j'aurais peut-être bien fini un jour ou l'autre par la convaincre de me suivre à l'étage. Je m'y suis sans doute mal pris. Pourtant l'idée du cocktail était pas si mal. J'avais concocté un mélange spécial à base de rhum et de fruit de la passion. Quelque chose de sucré qui lui ressemble. Le « Yéva on the beach ». Je l'ai pas mis sur la carte. Ça devait rester entre nous mais cette salope m'a envoyé sur les roses quand je lui ai proposé de le goûter. En plus, elle est même pas là. Je vois pas ce qu'elle a de mieux à foutre.

Son gros lard de mari, lui, est venu. Je le vois bien ce pachyderme, planté là, il a du mal à garder l'équilibre avec un cul aussi gros. Il a tout le temps l'air de pencher en arrière. Il tient à la main sa page jaune de pronostics du Tiercé. Le pire, c'est qu'il y connaît rien en courses. Il est pitoyable. Depuis la fermeture de l'usine Moulinex, il reste accroché à son jogging vert en coton, avec imprimé dessus le drapeau de l'Europe des dix qui date de 1986, c'est marqué sur la manche.

Les gens du Balto

Le mois dernier, il m'avait gratté un ticket de Banco gagnant à 15 000 euros. Le pauvre imbécile achète cinq billets par jour, alors il regarde même plus. J'avais un œil dessus pendant qu'il jouait. Et hop. Y avait qu'à attendre qu'il se tire et ramasser les gains dans la poubelle. Comment ce type a pu se faire une gonzesse comme Yéva ?

J'ai eu moins de bol que lui. J'ai pas tiré les bons numéros. Alors voilà, j'en parle peu.

Y a eu Anne-Marie Freysse pendant treize ans, une blonde un peu forte. Elle était ma copine et ma serveuse, une femme à double usage, comme on disait avec les copains. C'est vrai, elle me plaisait, elle fermait sa gueule et l'ouvrait seulement quand c'était nécessaire, c'est-à-dire quand je le lui permettais.

Un autre avantage, elle ne voulait pas d'enfants, tant mieux, j'ai horreur de ça. On s'entendait bien jusqu'au jour où elle s'est barrée avec un putain de forain, un gitan. J'ai mal encaissé le coup, mais j'étais jeune, j'ai pris sur moi. Après cet épisode, j'ai eu quelques aventures par-ci par-là. Puis, j'ai rencontré Ghislaine Poulain, elle était guichetière à La Poste de Joigny, elle lisait des livres et était abonnée au magazine *Vieillir en beauté*. C'était une fonctionnaire intello. On s'est fréquentés pendant des années sans vivre ensemble. Elle me faisait à bouffer, j'aimais ça. Mais comme j'étais pas assez sur mes gardes, elle m'a largué à son tour pour se tirer. Avec un noir cette fois. Si elle les aimait bronzés, à La Poste, elle était servie. Rajoute un cocotier à l'accueil et t'es aux Antilles. Là, elle me l'a mise, je l'avoue. Je l'ai pas vue venir. Je l'avais choisie pas très jolie, pas trop bien fagotée, mais rien à faire. Les gonzesses, on peut pas leur faire confiance. Ma mère a fait le coup à mon pater, j'étais prévenu.

Je me suis dit : « Jojo, les nanas, on t'y reprendra plus. » Ma chute de cheveux date de cette époque.

Tiens, il y a aussi la famille arabe de Marseillais qui vient de se joindre à l'équipe. Toujours collés ensemble ceux-là. Ils vont faire même leurs courses en troupe. À croire qu'ils ont la trouille d'en paumer un. Visiblement, ils rentrent du marché. Eux dans cinq minutes, ils sont partis. Quand c'est Ben Laden et compagnie, ça les regarde, mais dès qu'il s'agit du voisin blanc qui paie ses impôts alors là, ils s'en foutent.

Regardez qui voilà ! Le père et la mère Fournier avec leur petite traînée. Dans le temps, on disait : « enfants de pute » ; dans leur cas ce serait plutôt : « parents de pute ». Quoique, si j'étais pas mort, j'aurais attendu encore un an ou deux qu'elle soit majeure parce qu'elle est vraiment pas mal foutue.

Les gens du Balto

L'équipe municipale vient d'arriver. Les chimpanzés en écharpe tricolore coupent la foule de manière solennelle. Je lui ai servi du caviar sur un plateau d'argent à Legendre. Les élections municipales arrivent à grands pas. S'il nous pond un bon cinoche sur l'insécurité, il repasse au premier tour. D'ailleurs, il n'a pas oublié de se trimballer la presse. Il a fait fort, la télé est déjà là. Ils ont braqué leurs caméras sur moi pendant que des types me transportaient. J'étais sous un drap blanc. Image d'Évangile.

Yéva, dite Mme Yéva,
la daronne ou la vieille

Je vais finir par me fâcher, ça fait une plombe que j'attends sur ce banc en bois qui fait un mal de chien au niveau du derrière. Mon lieutenant chéri, avec moi, vous perdez votre temps, c'est clair. Je suis une femme d'une banalité affligeante. Je bosse et je rentre à la maison, c'est comme ça tous les soirs. C'est tellement bien réglé mon affaire que je prends le train de la ligne B tous les jours à la même heure et que j'y croise exactement les mêmes gueules. Je sais même à quelle station ils descendent, je le sais pour chacun d'entre eux. Je n'ai aucun élément à vous donner sur ce qui s'est passé. Tout simplement parce que j'en sais foutrement rien... Bon, c'est vrai que la mort de quelqu'un qu'on connaît, ça fout un choc. Même si c'était pas franchement mon meilleur ami. Sincèrement, pour vous dire la vérité, puisque visiblement c'est ce que vous recherchez dans votre boulot, Morvier, c'était une sacrée grosse merde. Pardon d'avance si j'insiste mais ce type était une SACRÉE GROSSE MERDE! Oui, ça me fait rire. Ça va pas changer ma vie, ni celle des autres habitants de Joigny-les-Deux-Bouts. À part que j'irai chercher mes clopes un peu plus loin. D'ailleurs, vous permettez que je m'en allume une? J'en crève d'envie depuis une heure. Merci. Je vous disais, Morvier, un connard à l'ancienne, comme on n'en fait plus. Oh... vous énervez pas. J'ai compris.

Je sais, lieutenant. Pas de jugement de valeur. Vous voulez des faits et peut-être aussi mon fion, comme tous les hommes... Vous dites que ça vous intéresse pas parce que vous êtes en service mais j'y crois pas une seconde. Quelques verres de whisky-Coca et vous craquez, j'en suis sûre. C'est comme ça que j'ai séduit mon mari vous savez. J'étais si jeune et si conne. Je le croyais riche et intelligent. Quelle idiote. Maintenant quand je le regarde, il me rappelle Bouddha, vous savez le dieu des bouddhistes. Il a la même chair qui dégouline sur le bas-ventre et ce même regard vide. Mais Bouddha, lui, il médite, c'est pas la télé qui lui donne cet air con! Enfin, excusez-moi, je m'égare. Je vois toujours pas ce que je peux faire pour vous... Vous pensez que je vais vous aider à trouver l'assassin ? Laissez-moi rigoler.

Que je vous raconte ma journée d'hier à moi ? Ah bon. Ma journée ? Bah... déprimante. Comme toutes celles qui ont précédé. Peut-être même encore plus déprimante.

Y a vraiment des jours où vaut mieux rester au pieu. Si c'était pas pour grappiller quelques euros... Joseph Frédéric, mon chef, se tenait debout, à l'heure pour une fois, à l'entrée. Je me suis dit : « Qu'est-ce qu'il fout ici ? » Alors il me demande aussi sec de venir le voir à son bureau à midi tapant. Pas de bonjour. Rien. C'est pas comme si on se faisait la bise tous les matins, mais là, il était quand même spécialement froid le petit con.

J'ai senti qu'il y avait un truc qui tournait pas rond. Arrivée à mon bureau, au cinquième étage, y a une surprise de taille qui m'attendait. Assise sur ma chaise, à ma place, une petite bonne femme de vingt-cinq ans tout au plus, une blondinette qui avait l'odeur d'un parfum chic. Il sentait si cher que je me suis dit que je pourrais jamais me l'offrir. Elle commence par se présenter, Sophie Lagarde. Ensuite, elle m'explique dans un français pincé de bourgeoise que c'est une intérimaire à qui on a attribué ma place. Elle parlait tellement bien que j'ai failli sortir mon dictionnaire. Alors je lui ai dit qu'elle avait pas besoin de se fatiguer autant parce qu'elle avait rien à me prouver après tout et même que je m'en foutais de comment elle s'appelait. Et puis aussitôt, je me suis rendu compte que mes affaires n'étaient plus là. J'ai eu les plus fortes palpitations de ma vie. Je lui ai demandé qui les avaient bougées. Quand elle m'a répondu que c'étaient deux bonnes femmes de la cinquantaine, un peu rondes... j'ai pas eu trop de mal à deviner qui c'étaient. Patricia et Simone bien sûr. On m'avait carrément déménagée d'étage et je me suis retrouvée dans un coin du bureau à l'accueil. Sylvie, la standardiste obèse, s'est fait une joie de m'expliquer qu'on procédait à une réorganisation dans la boîte. Désormais, je partage l'endroit avec elle, qui, je précise, approche le quintal. Je suis carrément obligée de m'adosser au placard à enveloppes. Chaque fois que quelqu'un a besoin, je dois me lever. Ça arrange rien à ma scoliose.

Je vois que vous avez pas de cendrier alors je me permets de l'écraser par terre. Encore désolée pour la fumée. Vous êtes un sportif vous. Ça se voit.

Bref, où j'en étais déjà? Oui, donc jusqu'à midi, j'essayais de m'occuper comme je pouvais. J'ai vu ma vie défiler devant mes yeux, comme ils disent à la télé. J'ai tout de suite pensé à

Les gens du Balto

Laurène, une assistante qui s'est pendue au huitième étage l'an dernier, on l'avait foutue au placard depuis des mois. Jusque-là, c'était resté tabou dans la boîte. J'ai pensé : « Ça y est, c'est mon tour. » Midi arrive, je me rends au bureau de l'enfoiré. J'apprends que je resterai là jusqu'à nouvel ordre. Joseph Frédéric m'explique aussi que si besoin est, je devrai monter au cinquième pour former l'intérimaire. Former la connasse qui a piqué ma place. Éventuellement, j'irai aussi donner un coup de main aux comptables en fin de journée s'il me le demande. Là, j'aurais voulu lui mettre une beigne comme il lui en a sans doute manqué dans l'enfance. Alors vous voyez, lieutenant chéri, si j'avais l'âme d'une meurtrière, j'aurais commencé par Joseph Frédéric. Ce serait le numéro un sur ma liste, je peux vous l'assurer. Je le regardais avec son air satisfait affiché sur la gueule et j'avais envie de l'étrangler du plus fort que je pouvais mais tout ce que j'ai réussi à faire, c'est chialer toutes les larmes de mon corps devant ce petit merdeux. J'ai compté et ça faisait très exactement treize ans que ça m'était pas arrivé. Depuis le jour où les docteurs m'avaient expliqué, dans un genre de bureau qui ressemble à celui-là, que mon fils, mon bébé, était un enfant différent.

C'est ce qu'ils avaient dit à l'époque, sûrement pour ne pas me vexer : différent.

Après cette humiliation, je me suis mise en route pour la maison. Comme d'habitude. Je marchais à la même allure. Les mêmes tronches dans le wagon de mon train. La petite étudiante qui s'assoit toujours en face de moi avec son bouquin de cinq cents pages, qu'elle a toujours pas fini depuis la rentrée, a levé la tête dans ma direction pour la première fois. Elle m'a seulement dit : «Madame, y a votre rimmel qui a coulé.» Alors je l'ai regardée et je lui dis poliment que si elle voulait bien aller se faire mettre, ce serait gentil de sa part. Elle a baissé la tête aussi sec et s'est replongée dans son pavé. C'était vraiment pas le moment de m'emmerder. Arrivée à la maison vers 19 h 04, ma première vision, c'est Jacquot, ou Bouddha si vous préférez. Exactement comme d'habitude, il regarde son émission à la con. Je lui demande ce qu'il a envie de bouffer et là, vous devinerez jamais ce qu'il me répond : «Rien, j'ai pas faim.» Comment ça ? Bien sûr que c'est très inhabituel, lieutenant ! Comment *Rien, j'ai pas faim* ? J'ai pensé : «Mais qu'est-ce qu'il me raconte ?»

En vingt-trois ans de mariage, il a jamais dit ça. Mes palpitations m'ont repris aussi sec. Tout à coup, il a saisi la télécommande et éteint la télévision. La zappette est tombée au sol et ça a fait un drôle de bruit parce qu'elle est recouverte d'un plastique à bulles attaché avec du scotch. C'est du système D, ça évite qu'elle se casse, il est tellement maladroit, il a rien dans les noisettes, vous savez. Quoique, hier, il avait envie de me prouver le contraire. Je commence à lui faire une scène. Je pensais : « Ce sera l'occasion de me défouler.» Et voilà qu'il se met à hurler plus fort que moi et m'ordonne de fermer ma grande gueule. Et que je l'emmerde, et qu'il en peut plus de ma voix, et que je mérite une branlée, et que c'est pas parce qu'il bosse plus que c'est plus un homme, et que je suis bonne qu'à me maquiller et à montrer mon cul, et que si c'est pour lui tourner le dos au pieu, c'est pas utile d'en faire autant... Et je vous passe les détails, lieutenant, c'était d'une vulgarité sans nom. Il m'a même dit que mes escalopes de dinde, je pouvais m'en foutre jusqu'à l'utérus si ça me chantait. C'est ce qu'on appelle la révolution, lieutenant ! Vous êtes pas d'accord ?

Si ça existait le concours des gens qu'en prennent plein la gueule, je crois que j'aurais décroché l'or hier.

Et encore plus fort, après sa crise, il a enfilé ses godasses et a claqué la porte en gueulant : « Je vais faire un tour ! »

Les gens du Balto

Je vous jure que j'étais putain de désemparée! Par habitude, j'ai fait cuire les escalopes. J'étais seule. Les garçons n'étaient pas rentrés non plus. Alors je me suis bouffé mes escalopes et je me suis endormie en talons aiguilles sur le canapé. J'ai fini par ouvrir l'œil à 1 heure du matin. C'est à ce moment-là que je me suis mise à m'inquiéter. Qu'est-ce que n'importe quelle mère aurait fait à ma place? Oui, je suis allée chercher mon enfant. Yeznig bien sûr, la question ne se pose pas. Les autres n'avaient qu'à se démerder, ils connaissent le chemin de la maison. D'ailleurs notre baraque est pas difficile à reconnaître: c'est la plus vilaine de toutes. Mon bébé, vous l'avez aperçu tout à l'heure. Il est ici. C'est mon petit, celui qui attend près du distributeur de boissons. Demandez aux types de la brigade. Il arrive qu'ils me l'amènent gentiment. Je sais que vous découvrez un peu tout le bazar. Vous êtes là spécialement pour l'enquête pas vrai?

Parce que ici tout le monde connaît plus ou moins le problème de Yeznig. Alors j'étais obligée d'aller le chercher. En temps normal, j'envoie mon grand, l'autre sac à merde, il tient bien de son père celui-là. Comme toujours, je me retrouvais seule à régler les problèmes! La grille du Balto était fermée, ça m'a rendue folle d'inquiétude. J'en ai fait quasiment une descente d'organes. J'ai tout imaginé. Surtout le pire. J'ai même pensé à un moment qu'il avait pu se faire kidnapper par des gitans. Pourquoi des gitans ? Oui c'est vrai... C'est une bonne question, lieutenant chéri ! Je sais pas trop. Vous savez, on raconte des trucs cocasses sur leur compte. Finalement, je l'ai trouvé accroupi, en train de vomir derrière la pharmacie du centre-ville. Ça m'a affolée vous savez. J'ai demandé alors à Yeznig ce qu'il avait, avec qui il était, enfin quoi, ce qui s'était passé. Il a juste dit qu'il était seul et qu'il avait eu mal au ventre. C'est un bon petit. Il a juste des difficultés à vivre comme tout le monde. On est rentrés à la maison. En le couchant, il m'a dit qu'il n'était plus un bébé, qu'il était devenu grand. Je me suis couchée dans mon pieu et il était vide. Aucune trace du Coco, ni de Tanièl dans la maison. Ce matin, je suis allée bosser comme d'habitude ou presque. Enfin comme un samedi où je travaille. J'ai retrouvé ma place à côté de la grosse Sylvie. Le début de la journée s'est déroulé à peu près normalement jusqu'à ce qu'un de vos types de la gendarmerie m'apprenne la nouvelle pour Morvier et qu'il me dise que j'étais convoquée dans une heure. Et puis voilà, je suis là, devant vous, lieutenant chéri. Je sais que je vous l'ai déjà dit mais je le répète : vous avez l'air d'un vrai sportif. J'aurais dû épouser un type dans votre genre. Un homme qui se laisserait pas aller. Un homme qui m'aurait tirée vers le haut. Qui m'aurait tirée tout court d'ailleurs. Ce serait pas du luxe. Enfin voilà. Non ne me remerciez pas. C'est pas utile. Ce serait trop, j'ai pas l'habitude.

En revanche, lieutenant chéri, si vous pouviez appeler cette pauvre merde de Joseph Frédéric pour lui expliquer mon absence de cet après-midi, ce serait bien gentil de votre part. Ce connard risque de me la faire à l'envers encore une fois et d'aller au prélèvement sur salaire.

Tanièl, dit Tani,
Quetur ou bon à rien

Au début, en vérité, je croyais que c'était par rapport à l'agression de M. Couvret, après je me suis dit : « Obligé c'est à cause de la bagarre avec Ali Chacal. M. Couvret, il a retiré sa plainte... » J'ai transpiré quand vous avez appelé à la maison pour la convocation. Heureusement, j'y étais pour une fois. Vous aviez d'abord appelé mon établissement scolaire ? Vous êtes au courant que j'y vais plus alors ? Voilà. C'est dit au moins.

Franchement, monsieur, je pensais pas à une histoire du genre. Je croyais que c'était qu'à la télé qu'on voyait ça. Ça fait chelou en vérité. Ouais. Chelou comme histoire. Vous allez galérer pour arrêter le tueur en tout cas, je vous le dis moi. Bah pourquoi ? Parce que personne l'aimait ce mec, c'est tout. Personne va le regretter. Je sais que ça se fait pas de dire ça parce qu'il est mort maintenant mais c'est trop vrai. Au moins, vous le savez. Même en cherchant bien, vous trouverez pas quelqu'un qui l'aimait. Il avait pas de famille. Pas d'amis. Pas de cheveux... Non je rigole. C'est bon, monsieur, je rigolais... Quoi!? Même ça vous allez le taper dans l'ordinateur? Merde.

Ah merde. Même quand j'ai dit «merde»? D'accord alors j'arrête de dire des conneries.

Je viens de croiser ma mère dehors et elle a l'air hyper vénère. J'espère que vous lui avez rien dit par rapport à mon absentéisme au lycée? Je la connais. Si elle apprend ça, elle va encore nous pondre un œuf de Pâques.

J'en avais parlé à mes parents de l'agression du conseiller d'éducation. Du genre, j'ai voulu jouer le fils modèle, honnête et tout le bordel... Mais laisse tomber, faut voir comment ils ont réagi. Déjà qu'avant, ils me traitaient comme un moins que rien, surtout la daronne faut dire, mais après ça, c'est devenu mille fois pire. D'une, elle me parlait encore plus mal qu'avant. De deux, elle a jeté tous mes disques de rap à la poubelle. Comme si c'était de la faute des rappeurs qu'on avait une vie de merde. Ils y sont pour rien. Je pense pas qu'en jetant ses disques d'Aznavour, elle dormira moins conne, c'est pas ça qui va arranger son cas.

Avec elle, tout devient exagéré. Je suis sûr que même vous, vous en pouviez plus le temps qu'elle est restée dans votre bureau. Vous pouvez me le dire, j'ai l'habitude. En tout cas, c'est pour ça que j'ai décidé de tout faire en cachette d'eux. Je me suis dit : « C'est fini. »

Moi, par rapport à Joël, je vais tout dire. Je veux pas mentir de toute façon, vous devez être au courant que j'étais là-bas hier.

Déjà, le matin, je me suis réveillé à 7 heures Comme tous les matins, j'ai pris mon sac à dos vide et je suis sorti. Je suis resté assis au terrain avec les mecs de la cité derrière. C'est le parcours que je fais tous les matins. La routine. Eux, je les aime bien, on rigole bien ensemble. Comme il faisait un peu froid, on n'est pas restés longtemps assis dehors. On est montés chez Nasser, un mec de là-bas, son père est décédé, et sa mère, elle fait le ménage dans une clinique. Y avait personne dans l'appart. On était peinards et on a joué à la console jusqu'à environ 13 heures ou 14 heures.

Franchement, je peux pas vous dire. Je sais que c'est approximatif... mais je sais plus, monsieur, si c'était plutôt 13 heures ou plutôt 14 heures... Ça se voit que vous jouez jamais à la console parce que si vous étiez un habitué, vous sauriez que quand on joue, on perd la notion du temps un peu. En plus, j'ai pas la chance d'avoir une belle montre chromée comme la vôtre pour regarder l'heure. C'est quoi comme marque ? Sérieux, elle déchire grave. Ben j'aime les belles choses mais j'ai pas grand-chose à moi. Depuis des années, c'est toujours non. Je crois que le premier mot qui est sorti de ma bouche quand j'étais bébé, c'est « facture » ou « crédit »... C'est obligé. On n'avait droit à rien. Surtout moi. Pas de vacances. Pas de cadeaux. Pas de Noël. Pas d'anniversaire.

Les réserves d'argent, c'était pour mon frère. Pour les docteurs de Yeznig, pour les jeux de Yeznig, les vacances de Yeznig. En plus, les colonies pour les handicapés, c'est des trucs super bien. Moi, je restais enfermé tout l'été. Yeznig, je l'aime, c'est vrai, c'est mon frère. Mais des fois, j'aimerais bien être à sa place. Vous allez penser que c'est moche de dire ça mais quoi... c'est la vérité. J'avais envie d'être handicapé. Quand j'étais gamin, je parlais un peu comme lui pour que ma vieille me donne un peu d'importance mais tout ce qu'elle faisait, c'était de me traiter d'imbécile. Alors quand j'ai découvert dehors, j'ai kiffé. Je rentrais presque plus chez moi. C'est pour que vous compreniez pourquoi dehors, c'est devenu un réflexe.

Donc, on est sortis de chez Nasser. Comme d'habitude, j'ai fumé tout le monde au jeu de foot, ils étaient tous dégoûtés. J'ai même dit à Nasser que sa console, un jour, elle allait porter plainte contre moi tellement mon jeu est puissant.

Je les ai laissés ensuite pour aller chercher Ali à la sortie de classe. Il avait pas cours l'après-midi ce bâtard. Franchement, désolé, ça sort tout seul quand je l'insulte. C'était mon pote avant. Mais hier, il m'a trop trahi. Je vous jure. C'est abusé. Même quand ma darone le descendait, moi je le défendais. Elle avait pas tort sur toute la ligne ma vieille. Elle l'a jamais senti. Elle disait qu'il m'influençait. C'est vrai au fond. Il m'influençait à faire des conneries et lui, il faisait tout comme il faut. Pour commencer, il allait toujours au lycée et il s'est même tapé les félicitations au premier trimestre. Mais j'étais con. Bien fait pour moi.

Bref, j'avance. Si on est allés au Balto, c'est pas pour l'ambiance, c'est clair qu'on aurait préféré les Champs-Élysées. Mais c'est tellement relou de sortir d'ici que du coup, on essaie même plus. Joël avec sa grosse calv' sur la tête, je comprends pourquoi mon père l'appelle «Patinoire». Il a trop voulu frimer avec nous. À peine on entre, il nous agresse. Du style :

«Qu'est-ce que vous foutez ici, les merdeux!
L'école, c'est pas fait pour les chiens non?» Et
j'sais plus trop quoi encore comme conneries...
À son avis? C'est pas pour prendre de ses nou-
velles qu'on était là. Il parlait trop mal aux gens.
Franchement, Ali et moi, on voulait le marbrer.
Après, il nous a fait pitié parce qu'il était vieux.
Déjà, on rentre dans son bar pourri et lui, il
veut nous jeter en l'air. Il a de la chance d'être
tombé sur nous, on touche pas les vieux. Alors
on s'est assis et on a bu. J'avais un peu d'argent.
Comment je l'ai eu? Bah, ça, je suis pas obligé
de le dire, ça a rien à voir avec l'affaire. Heu...
Non, je veux pas d'ennuis, monsieur. Vous savez,
c'est rien de méchant. C'est ma petite copine
Magalie qui m'en file de temps en temps. Elle
m'aide un peu parce qu'elle sait que je suis en
galère. C'est à cause de ma vieille, elle récupère
l'argent de la bourse au début de l'année et je
me retrouve à poil. Pas un rond. Elle me donne
rien. Ma vieille estime qu'à mon âge, j'ai aucune
dépense à faire parce qu'on a tout le confort à la
maison. Heureusement qu'il y a les potes pour
me prêter des trucs de temps en temps. Quand
je gueule pour mon fric, elle répond que si elle
fait ça, c'est pour le crédit de notre baraque, et
que cette putain de maison, quand ils crèveront,
elle et mon père, elle finira bien par m'appartenir.

Donc, au final, tout ça, c'est pour moi, pour plus tard, pour mon bien. J'en ai ma claque de ces discours pourris d'adultes. C'était la même chose à l'école. Comment ils peuvent savoir ce qui est bien pour moi, ils me connaissent pas ? Bref, je sais pas vraiment d'où Magalie sort le fric. J'imagine que c'est de l'argent qu'elle tape à ses parents. Je sais qu'elle menace sa vieille de se barrer si elle lui donne pas tout ce qu'elle veut. Ça marche. La mienne me répondrait que j'ai qu'à me casser et que je lui manquerais pas.

Donc, c'est vrai, on avait bu et on se sentait chauds. Les effets de l'alcool. Vous devez connaître. Ouais. Enfin non, c'est pas ça. J'insinue rien du tout. Tout le monde connaît, je veux dire. Y a pas besoin de détailler. C'était surtout Ali qui a pas trop l'habitude de tiser. À un moment, on se rendait plus trop compte de l'heure. On rigolait fort. On faisait les fous. Je me souviens même plus des conneries qu'on racontait. On ressemblait aux gens qui ont rien à perdre. Et puis, j'ai pensé à Magalie, je l'avais carrément zappée la pauvre. Alors je l'ai dit à Ali et c'est là que c'est parti en sucette. Il a dit : « C'est bon, on s'en fout, elle va nous attendre la pute ! » Ma tête a vibré quand j'ai entendu cette phrase. Ali, il m'en a rajouté : « Je l'ai déjà serrée plusieurs fois dans ton dos. » J'y peux rien. Même si je travaille

là-dessus, c'est un gros problème pour moi.
Faut que ça sorte. Je suis trop nerveux. J'ai envie
de tout casser des fois. Je me retiens pas.

J'ai insulté toute sa famille et je l'ai attrapé par
le nez. Calv', enfin Joël, nous a pris par le col
pour nous sortir dehors. Il nous a dit de régler
nos histoires à l'extérieur ou bien il prévenait les
flics. Il a même dit à Ali qu'on l'enverrait dans
son pays. J'ai pas capté pourquoi il a eu besoin
de rajouter ce truc à la con.

Du coup, je l'ai dégommé devant le Balto.
Personne n'a bougé. Des baltringues. Les trois
pauvres ploucs qui étaient dans le bar nous
regardaient faire. Ils avaient l'air contents. Au
bout de quelques minutes, Junior et Pascal, les
fils de la boulangère, les frères Baguette comme
on les appelle ici, sont venus nous séparer.
Après je me suis tiré. Je sais très bien que c'était
de la tchatche. Magalie, elle ferait jamais quoi
que ce soit avec Ali Chacal. Elle est trop belle
pour lui. En bon pote, j'avais prévu de le ramener
là-bas pour lui faire croquer mon plan. Bah
là-bas, chez elle ! Y avait une ambiance. Une fête
quoi ! Elle avait organisé une soirée Tektonik.
Bon, j'avoue, mes potes et moi, on est plutôt
rap. Nous, dans notre délire, les mecs de la
Tektonik, on les comprend pas trop. On trouve
qu'ils ont des pantalons trop serrés et qu'ils

mettent le paquet sur le gel. On dirait qu'ils sont sortis du ventre de leur mère coiffés comme ça. Mais niveau coupe de cheveux, ils ont rien inventé. Moi je dis, y a dix piges, dans *Dragon Ball Z*, ils avaient déjà les mêmes. En tout cas, ce qui était sûr, c'est qu'allait y avoir plein de petits bourges du lycée de Beauvoir, et aussi des cousines à elle dans cette soirée. Tout ça, c'était pour qu'Ali, il ait une chance de serrer une meuf. En plus, ça allait être la rigolade, j'avais même mis dans la poche de ma veste un laxatif pour mettre dans la bouffe de Perno, le clébard du père de Magalie. Ça, c'était ma petite vengeance personnelle vis-à-vis du daron. Je voulais faire une surprise à ce gros con de raciste qui me prend pour un putain de gitan.

Je l'ai amoché bien comme il faut Ali. J'assume mes actes. Vous, monsieur, vous êtes un gendarme. Vous comprenez que c'est une affaire d'honneur. Sinon, qu'est-ce que ça veut dire? Que je suis un bouffon et c'est tout. Un bouffon? Bah c'est un faible, je dirai que c'est ce que ça veut dire.

Après, j'ai décidé de faire un passage par la baraque. C'est sur le trajet que j'ai reçu un message sur mon portable. C'était Magalie. Ça m'a bien vénère son texto. Comme si elle avait besoin d'en rajouter. Elle m'a fait son cinéma de «j'te quitte » et elle a terminé son putain de message par LA menace à 1 million d'euros. Comme quoi elle a un retard de règles ou je sais pas quoi. Déjà moi, dès que le mot « règles » entre dans mes oreilles, ça me met en panique. C'est pas mes affaires, j'y comprends rien à leurs trucs de meufs et j'ai même pas envie de piger. Genre, c'est possible qu'elle soit enceinte en gros. Ça m'a mis dans tous mes états. Elle me disait aussi dans son texto qu'elle serait au Balto.

Je sais plus exactement mais il était au moins 18 heures quand je suis rentré. J'avais pas grand-chose mais il a quand même réussi à me péter l'arcade sourcilière. C'est impressionnant parce que ça saigne beaucoup mais en vérité par rapport à ce que je lui ai mis, c'est pas un truc de ouf. Je suis rentré par la porte du jardin. Discrètement. Mon père m'a vu passer. Il a fait semblant de s'intéresser deux secondes à moi. Il m'a demandé où j'allais, je crois, et puis c'est tout. Je crois qu'il a même pas remarqué que je saignais. Je suis allé dans la chambre et mon petit frère Yeznig était assis là. Il était déjà rentré du CAT, le centre où il taffe.

Il faisait des ronds sur une feuille. C'est encore une de ses manies chelous. Il dessine des ronds rouges sur des feuilles. Plein. On sait même plus quoi en foutre de tous ses ronds. Il veut pas qu'on les jette. C'est mignon parce qu'il a vu que j'étais blessé au visage et il est allé chercher dans sa trousse à pharmacie du «rouge», comme il dit. En fait c'est comme ça qu'il appelle le mercurochrome. Il a joué au petit docteur et m'a foutu un pansement avec des dessins d'animaux. J'ai pas pu m'en empêcher, j'ai chialé, à cause des nerfs. Je déteste ça. Mon frère m'a vu en plus. Je voulais pas que ça le perturbe ou qu'il me balance aux parents. Je me suis cassé direct.

Je suis venu plus vite que la lumière. Un mec qui a la haine, c'est un mec rapide. J'étais tellement nerveux que j'ai presque couru pour arriver. On dirait qu'on m'avait mis un bâton de dynamite dans le boxer.

Je l'ai repérée à cent mètres. Elle s'était habillée tout en rose. La honte. Je sais pas à quoi elle cherchait à ressembler mais si c'était à une barbe à papa alors elle avait gagné. Elle m'a demandé si on pouvait aller s'asseoir. J'avais les boules de revenir dans le bar mais comme elle savait pas que je m'étais battu, j'ai rien dit. On est entrés. Patinoire a pas loupé l'occasion de me faire une réflexion.

«Si tu cherches ta cage, c'est pas ici le zoo.» En plus, y a toujours un enculé pour rigoler.

Magalie a demandé pourquoi il disait ça. Je lui ai juste répondu : «Tu le connais, c'est un teubé.»

C'est passé. Déjà, j'essayais de rester calme et c'était pas facile. Et elle, d'entrée, elle me pose une question à la con, comme elle fait des fois. Elle me demande si par hasard elle a pas un air de Paris Hilton habillée comme ça... Ça m'a rendu ouf. J'avais envie de lui dire qu'elle ressemblait à la cousine de Barbie mais je lui ai répondu : « Je m'en bats les couilles ! T'es enceinte ou t'es pas enceinte ? »

Désolé, monsieur, je veux pas vous choquer mais dans ce genre de situation, y a pas une minute à perdre. Elle m'a montré un long bâton en plastique qui ressemble un peu à un thermomètre digital. Dessus y avait un dessin de point d'interrogation. Elle me montre un petit écran carré allumé en rose avec marqué ENCEINTE. « C'est le tout dernier test de grossesse qui est sorti. 99,9 % de fiabilité. Lis si tu veux savoir. »

Quand elle a dit ça, j'ai fait trois gouttes de pipi sur moi. Ça non plus ma vieille n'est pas encore au courant. Là, je vous dis même pas. Ce sera pire que des palpitations qu'elle va avoir. Je lui ai dit de se grouiller de ranger son putain de bâton-test et de le planquer. Fallait surtout pas qu'elle raconte cette histoire. Il fallait qu'on réfléchisse à une tactique. Pour gagner du temps, j'ai dit à Magalie que j'irais pas à sa soirée Tektonik et qu'on se verrait plus tard. Elle a fait un peu la gueule. Elle se rendait pas compte de la merde dans laquelle on était. Elle a payé nos verres et je la regardais s'en aller. Je la voyais partir en roulant du cul et je me suis dit dans ma tête : « Putain de merde. C'est cette meuf-là qui va avoir un bébé de moi. » J'avais pas envie de rentrer à la maison du coup. Vraiment pas. Je voulais surtout pas croiser ma mère. Franchement, j'aurais pas supporté. Alors je me suis mis à marcher en direction de la grande cité. C'était automatique, presque. C'est là que j'ai aperçu une silhouette que je connaissais, une forme molle qui avançait dans le noir. Je vous jure, j'ai failli tomber dans les pommes. Je crois que j'ai encore pissé quelques gouttes sur moi. C'était mon vieux. Déjà, ça faisait hyper bizarre de le voir en position debout. En plus, il marchait. On commençait tous à se demander si la machine n'était pas rouillée à force de coller au canapé. J'ai décidé de le siffler. Il m'a pas entendu. Faut préciser qu'il est sourd si on lui parle pas bien en face. Alors, j'ai été vers lui et je l'ai attrapé par la manche du veston. Il a eu peur comme un enfant. Direct, il a tremblé : « J'ai rien sur moi ! Me fais pas de mal. » Il m'avait même pas reconnu le pauvre. Il devait penser que j'étais un voyou et que je voulais le planter ou un truc comme ça. J'ai dû crier « papa c'est moi ! » pour qu'il se calme. Trop de télé dans son cerveau. Il est enfin redescendu sur terre et il m'a demandé ce que je faisais là. Je lui ai renvoyé sa question en pleine tronche. C'est plus chelou de sa part d'être dehors à cette heure-ci. Ensuite, il m'a répondu qu'il a bien failli monter dans l'un des camions derrière la gare, qu'il avait besoin de tirer sa crampe. Il parlait des prostituées. Je le regardais, il tremblait, ça m'a fait flipper. Je l'ai jamais vu comme ça, mon daron. Il a dit que ça devait rester entre nous.

Alors on est allés dans le parc courir un ou deux tours. Vous allez trouver ça bête mais il nous faisait faire ça pour nous calmer quand on était trop agités mon frère et moi étant petits. Alors je lui ai dit : « Tu te souviens, papa, quand tu nous faisais courir pour qu'on fasse pas de conneries ? »

Il m'a répondu : « Bon vieux temps. On se parle plus. On se parle jamais. T'es quand même mon gamin. On devrait se causer plus souvent. »

C'était craignos de choisir ce soir spécialement pour avoir envie qu'on tape la discussion style « mon fils, je t'apprends la vie ». J'avais pas que des bonnes nouvelles à lui annoncer.

Finalement comme il avait l'air un peu plus tranquille, je lui ai expliqué pour Magalie. J'ai galéré pour cracher le morceau. Pauvre daron, il en revenait pas.

Les gens du Balto

Il m'a regardé tout droit dans les yeux et il a dit : « Faut qu'on dorme. On en reparlera demain. On parlera de ton école aussi. »

C'est là que j'ai compris qu'il savait et qu'il a rien dit.

On est rentrés à l'aube, mon vieux et moi, on était crevés. C'est tout, monsieur. Ensuite, je me suis couché à côté de mon petit frère et je me suis endormi.

Jacques, dit Jacquot, le daron ou Coco

Y avait longtemps que quelqu'un ne s'était pas assis en face de moi pour m'écouter causer. Ce genre d'histoires, d'habitude, c'est plutôt dans les polars du jeudi soir qu'on voit ça. Adore ces feuilletons. Surtout *Julie Lescaut*. Si y en a une comme ça dans votre brigade, faut me la présenter. Jolie femme. Douce. Pas vulgaire. On sent qu'on peut compter sur elle.

Ma journée d'hier ? Oh... rien d'exceptionnel. Si vous voulez entendre des histoires hors du commun, faut pas vivre ici.

Hier matin, je me suis réveillé barbouillé. J'ai pas pris de douche. Des fois, j'ai pas envie du tout vous savez. Je sors pratiquement pas de chez moi. Alors autant économiser l'eau. Une aide au remboursement du crédit à ma façon.

Pareil pour la chasse d'eau. C'est pas sale. De la débrouille c'est tout. En regardant *Alliances et trahisons*, j'ai bu mon café et bouffé un peu de pain de la veille. J'attendais *Melrose Place*. Au courrier, j'ai trouvé encore une lettre du lycée. Chaque fois, je les lis et les jette à la poubelle. Oui c'est tout. Bien sûr c'est tout. Vous devez penser que j'ai pas de couilles. Je le sais. Mais c'est pas parce qu'on dit rien qu'on est couillon. C'est encore Marcel, notre patron à l'usine, qui disait : « Si ce que tu as à dire est moins beau que le silence, alors tais-toi. »

Je pensais quand même qu'après l'histoire de son conseiller, Tanièl se calmerait mais ce môme a la tête plus dur qu'un caillou. Je regrette maintenant. Si je m'étais plus mêlé de leur éducation, on n'en serait pas là. Je l'ai laissée tout choisir. Même les prénoms. Elle les voulait de chez elle. Je trouvais ça bizarre mais j'ai rien dit de plus. Elle a tout décidé dans notre vie. Toute la journée d'hier, y a des images du passé qui me revenaient et c'est dingue comme elles se ressemblaient. Yéva, debout, les cuisses à l'air, en train de me pointer ses faux ongles sous le nez. De me traiter de connard devant les gosses. Ça finissait toujours par : « T'as pas ton mot à dire, gros cul ! » Elle a pris toutes les décisions. Sauf le pavillon, ça c'est moi qui l'ai trouvé ! Elle m'a piétiné la tronche avec ses talons aiguilles, ça fait vingt ans que je m'écrase mais ce soir-là, en regardant « On en parle », j'ai décidé que ça allait changer.

À ce moment-là, j'ai vu le fiston passer devant moi. Ça m'a étonné qu'il rentre si tôt. « Où que t'étais ? » je lui ai dit. J'ai remarqué l'état de sa figure. Pas jolie à voir mais j'ai pas cherché à en savoir plus. Le gamin a dû penser que je voyais rien, comme à mon habitude. Mais j'ai compris qu'il s'était battu. À peine dix minutes plus tard, je le vois ressortir comme un voleur. « Et où que tu vas maintenant ? » je lui ai dit. « Nulle part » qu'il me répond. Avant qu'il se tire, j'ai ajouté : « T'as de la veine d'avoir passé l'âge, sinon j'aurais fait venir Super Nanny ! » Il a même pas pris la peine de répondre le pauvre môme.

Vous devez trouver ça ridicule mais quel conseil un chômeur de ma catégorie, fourré toute la journée devant la télé, peut-il donner à son fiston ?

Ça fait bien longtemps que je me sens plus un homme. Seulement quelque chose d'inutile posé sur le canapé.

Au moins, si je peux servir à quelque chose pour votre enquête...

Ah le ticket gagnant ? Oui, j'ai appris ça hier. Ça a participé au déclic je dois dire ! Qui c'est qui vous l'a dit ? Confidentiel... Ouais... À l'heure qu'il est tout le monde doit être au courant! Marcel est venu sonner au portail. Certains jours, quand il ne me voit pas au Balto, il m'apporte mes grattages à la maison. C'est un vrai, Marcel. Il me lâchera jamais.

J'ai remarqué que ça allait pas fort. Quand je lui ai demandé si y avait un problème, il m'a répondu que je devrais faire attention à ce que je gratte. «Marcel, que je lui dis, si tu me dis ça, c'est que t'es au courant d'un truc.» Il m'a dit que la Veuve noire lui avait raconté que les 15 000 euros de la nouvelle façade du Balto... bah c'étaient mes ronds à moi. Elle l'a vu récupérer mon ticket de Banco. À moi. Putain de bon type, ce Marcel, je le connais depuis trente-quatre ans, il est trop honnête. Il était déjà comme ça à l'usine avec ses ouvriers, franc du collier.

Et pourquoi elle l'a pas dit avant, cette cinglée? Je peux rien prouver maintenant. Qu'est-ce que je pouvais faire? Lui fracasser la gueule? Mais quoi? Et après?

Ça aurait rien changé de toute façon. En plus, il avait un fusil, Patinoire. J'aurais pas fait le mariolle très longtemps.

Ça fait des années que je me suis pas battu. Tout ce que je sais faire de mes mains c'est changer de chaîne. D'ailleurs ma bonne femme me l'a toujours reproché, ça, de pas prendre sa

défense quand il y a un type qui l'emmerde.
Facile à dire! Elle a qu'à mettre des jupes plus
longues! Faut accepter de vieillir et puis c'est
tout. Faut respecter les règles du jeu. Tu te fous
à poil, on te regarde. C'est comme ça. Moi le
premier. Pas vous, franchement?
On est entre nous, capitaine... Vous pouvez
me le dire. Ça vous arrive pas de mater des gonzesses? Bien sûr que si! Comme tout le monde.
Oui, c'est ça... Comme vous dites, revenons à
nos moutons...
J'ai rien dit. J'ai pas bougé. Avec un motif
comme ça, je suis le coupable idéal. Je le sais.
Mais faut être lucide, j'aurais pas eu les couilles
de faire un truc pareil.
Tout ce que j'ai fait, en attendant que Yéva
rentre du boulot, c'est arracher quelques mau-
vaises herbes dans le jardin et regarder la
deuxième partie de «On en parle».
Le débat s'intitulait: «Apprendre à dire non».
Vous savez, y a pas mal de gens comme moi.
Des gens qui se la ferment. Qui encaissent. Allez,
on peut le dire, qui ont pas tellement de person-
nalité. Merde quoi. C'est ça le fond du problème.
Au moins, je sais que je suis pas seul dans mon
cas. Et parmi ces gens, y en a un paquet qui se
rebellent du jour au lendemain. Ils disent stop.
On peut dire que je me suis monté le

bourrichon un peu tout seul en vérité. À l'instant
où j'ai entendu ses talons claquer sur le carrelage, je suis monté en l'air comme un bouchon
de liège. Je retenais trop de choses à l'intérieur.
Je lui ai dit ses quatre vérités. Vous auriez vu ça.
Elle en menait pas large.

Après, je me suis tiré. C'est quand même en
partie à cause d'elle que j'ai rien foutu sur cette
terre. J'ai mis des mômes au monde mais ça, tout
le monde peut le faire. Je dis ça parce que mon
gamin m'a appris qu'il avait engrossé par erreur
une petite gourde qu'il fréquentait depuis
quelques mois. Non mais vous imaginez. J'aurai
tout vu moi. Même pas eu le temps d'être père
que je vais devenir grand-père. Dix-sept ans qu'il
a, le gamin. Quelle génération! Je me demande
comment qu'il a fait. Il lui a envoyé le spermato-
zoïde par sms ou quoi?

Alors pour en revenir à ce qui s'est passé, oui,
comme vous dites. Je me suis bien engueulé avec
Yéva. Je marchais au hasard et j'ai eu l'idée d'aller
aux putes. Pour la première fois, je précise.

J'ai pris la direction des caravanes mais avant
d'y arriver, j'ai croisé Tanièl, mon gamin. On est
allés courir dans le parc, ça m'a fait du bien. On a
causé un peu et puis on est rentrés. Voilà, capitaine. Rien d'autre.

Nadia et Ali Chacal, dits les jumeaux, les Marseillais ou les chacals

— Je commence, colonel?

— C'est toujours toi qui commences...

— La ferme! Je préfère parler en premier avant que tu racontes n'importe quoi.

— Ouais ça va, allez, fais la belle, crâne va!

— Bon. Hum, hum. D'abord, colonel, si je peux me permettre, c'est la première fois qu'on a affaire à la police dans notre famille. Enfin sauf mon père, y a longtemps, il se faisait tabasser mais c'était l'époque... Ensuite, en ce qui concerne l'affaire, à part mon frère Ali, assis à mes côtés, personne n'est passé au Balto ce jour-là. Mon père boycotte. Il n'était pas bien traité. En tout cas, pas traité à sa juste valeur.

— Pfff...

— Quoi pfff? C'est la vérité. Donc, moi, ce que

je voulais dire avant de laisser parler Ali, c'est que pour une fois, la violence et la barbarie, c'est chez vous. Voilà. Nous, on se reproche dégain. À notre tour d'être les spectateurs, de regarder, de commenter, de dire : « Ouh là là, ces Français sont barbares. Ces Français ruraux sont bizarres. »

« Ça change de voir un fait divers sans rapport avec la banlieue ou l'immigration. D'habitude, à part pour les accidents de la route, y a toujours un lien, même s'il est subtile.

— Arrête de dire des conneries, putain. C'est incroyable. Franchement, colonel, désolé, je vais m'exprimer à mon tour parce que là, c'est le souk ce qu'elle dit. Moi, je parle sans rancœur. Nadia, elle vit trop avec le bagage de la vie des parents. Mais putain, ce cartable-là, il pèse sept cents kilos. Moi, je m'en suis débarrassé. Certes, Joël, on le connaissait pas depuis très longtemps mais c'est vrai qu'il était raciste sur les bords.

— Sur les bords... Cette expression me fait trop rire. Sur les bords ? Pourquoi seulement sur les bords ? En vérité, il était raciste sur les bords, à l'intérieur, en dehors, en dessous... Ce type-là, il transpirait le racisme, il se parfumait avec.

— Bref, ça arrive. C'est comme les sourds, les aveugles, les gens qui ont le cancer. Le racisme, c'est une maladie et c'est tout. On avait droit à des réflexions. J'allais au Balto avec un ami...

— Tu parles d'un ami ! Un ami qui vous casse la gueule, pour vous, c'est toujours un ami ? D'abord, c'est plutôt un rival à la base. Ils sont amoureux de la même fille, une grosse pétasse en vérité.

— T'es une pompe, putain ! Tais-toi ! T'as avalé Skyrock ou quoi ? Tu ne t'arrêtes plus ! Voilà, donc, le jour J, effectivement, je suis allé boire quelques verres avec Quetur, mon ami. Il s'appelle Tanièl en fait. Quetur, c'est un surnom pour le charrier... D'ailleurs, il lui arrive de mal le prendre mais bon, c'est rien de méchant. Dans le Sud, on se vanne beaucoup, c'est un sport à Marseille mais ici, il manque un peu de soleil et l'humour qui va avec. On était ensemble et après il devait voir Magalie, cette fille que j'apprécie pas mal aussi. Vous êtes un homme, vous comprenez. J'essayais de le distraire, de lui faire oublier son rendez-vous. J'étais convaincu que Magalie et moi, c'est qu'une affaire de temps. J'élaborais mon plan tranquillement. Donc, on a bu mais plus que de raison alors j'étais ivre et lui aussi, mais un peu moins. Vous savez comme c'est, j'ai dit une parole de travers et hop, c'est parti très vite, on s'est battus. Ça s'est passé à...

— Vers 18 h 30.

— Comment tu sais, toi ?

— Bah j'avais regardé l'heure à laquelle tu es rentré et en calculant le trajet de la maison au centre-ville, j'ai fait une soustraction et voilà.

— Oui, donc, après je suis rentré. D'ailleurs, je sais pas comment. Ah si. C'est les frères Baguette qui m'ont raccompagné en voiture. Ils ont une voiture bizarre, elle est tatouée, y a un néon en dessous, tout un bazar. Ils font du tuning. Ça me fait rigoler. Voilà, après j'étais un peu barbouillé je ne sais plus bien…

— Moi je peux vous rafraîchir la mémoire. Capitaine, j'ai tous les détails. J'étais rentrée des cours depuis plus d'une heure. J'avais eu le temps de faire mes exercices de physique-chimie, d'éplucher les légumes pour la chorba que maman préparait et de plier le linge dans l'armoire de mes trois petites sœurs. Voilà tout ce que j'ai fait pendant qu'Ali buvait ses litres de bière et se bagarrait avec son rival le Turc. C'est étonnant comme différence, sachant qu'on a le même patrimoine génétique. Bref.

« Il se fiche toujours dans ce genre de situations compromettantes, mon frère. Depuis tout petit. Et c'est moi qui dois rattraper ses bêtises. Vous connaissez pas les mamans arabes, mais faut éviter de se retrouver dans des pétrins pareils.

Heureusement, mes petites sœurs étaient dans leur chambre en train de coiffer leurs Barbie. Elles n'ont rien entendu.

«Ali, seul garçon de la famille, je précise, rentre le nez en sang, la tête en vrac. Il ne tenait même plus debout. Ma mère a crié comme une hystérique, elle s'est mise à s'affoler. Du coup, papa, qui dormait, s'est réveillé en sursaut. En plus, quand on dérange papa pendant la sieste ou les infos, en général, il faut qu'il y ait une excellente raison. Là, c'était le cas faut dire. J'ai fait asseoir Ali sur la chaise de la cuisine et je lui ai essuyé ses plaies avec de la Bétadine. Il était affreux. Il puait du bec en plus. La totale.

«Mes parents lui gueulaient dessus en kabyle, ils lui posaient pleins de questions. Tout ce qu'il a trouvé à répondre, c'est : "Parlez français s'il vous plaît, je comprends rien, j'ai la tête lourde."

«Là, mon père, je vous jure que si c'était pas son seul fils, il l'aurait mis dehors. On est des gens droits.

«Au lieu de ça, il a demandé à ma mère de lui chauffer du lait et à moi de lui mettre de la glace sur la tête. Puis, il est allé se recoucher avec un air qui voulait dire : "On réglera ça plus tard."

«Quand il est fâché, il a un regard mon père... y a trop de choses à l'intérieur, faut éviter de le croiser.

— D'accord! ça va! On a compris. Je sais que je me suis endormi après le verre de lait chaud.

— Ouais, tu t'es endormi. C'est la belle vie pour toi. C'est pas toi qui as mangé le discours de maman pendant une heure. «Et ta ta ta... pourquoi mon Dieu... On vit la misère de la France mais c'est pour vous... On a souffert pour vous... Nous, on n'avait rien, on portait même pas de chaussures... On a vécu la guerre... Et patati et patata... Vous êtes des ingrats...» Enfin tout le topo habituel. J'en ai déjà trop dans la tête des discours comme ça. Même à l'école, je me mets la pression. Je me dis tout le temps : «Si je rate ma vie, je rate la leur par la même occasion.»

«Ça bouillonne trop dans ma cervelle. Mais Ali, il s'est déchargé de ça, des sept cents kilos, il l'a dit tout à l'heure. Dans sa tête à lui, y a dégain, y a de l'eau.

— Tu te crois chez le psychiatre? On est chez les gendarmes ici. Colonel, ne la calculez pas. C'est tout ce qu'il y avait à savoir. Rien de plus. Le décès de Joël, on n'y est pour rien. Tout ce qu'on vous raconte, ce ne sont pas des éléments importants. Ce sont des détails.

— Je suis d'accord. Encore plus insignifiants que notre place dans ce pays et que celle de nos parents. C'est fini. On n'a rien à ajouter.

Magalie Fournier, dite la blonde, la traînée ou la meuf de Quetur

Je sais. Je comprends mais je vois toujours pas ce que j'ai à voir là-dedans. Parce que si vous parlez à tous les gens qui fréquentent le Balto... vous allez en voir défiler des cons dans cette pièce. Lol.

Moi pour commencer, Joël, je l'ai jamais aimé. Il passait son temps à me surveiller du coin de l'œil et à me regarder les fesses. Et aussi à raconter à mon père mes moindres faits et gestes dès qu'il pouvait. C'est comme ça d'ailleurs que mon vieux a été au courant de mon histoire d'amour avec Tani. De quoi il se mêlait franchement? Toujours à fourrer son nez là où il faut pas. Je suis sûre que de là où il est, il est toujours en train d'emmerder le monde.

Juste... Excusez-moi, ça a rien à voir mais vous

êtes de quel signe astrologique, monsieur le gendarme ?

Oui, ça a de l'importance c'est pour ça que je vous pose la question. Lol. Quoi ?? Vous connaissez pas votre signe ?! Mais comment vous pouvez sortir de chez vous sans lire votre horoscope ? Bref, tant pis, donnez-moi seulement votre date de naissance, je trouverai moi-même. Allez quoi... vous faites pas prier, c'est rien... ah... 27 juillet... Vous êtes Lion ! Waouh ! J'adore les signes de feu. Bon tempérament. Lol. Ça me donne envie de coopérer avec vous maintenant. Mdr. Je plaisante.

OK, je continue. Je vous disais que c'est comme ça que mon père a su pour Tanièl et moi. Lui, il l'appelle « le gitan ». Ça me saoule grave. C'est un vrai looser ce mec. Franchement il a une *life* i-nin-té-re-ssante et j'articule exprès pour insister sur le vide intersidéral de sa vie. *My mother* n'en parlons pas...

Ouais, je parle un peu anglais. Cool, hein, monsieur le gendarme. Faut vivre avec son temps. En plus comme M. Truffard, mon prof d'anglais, il me kiffe à la mort, du coup il me donne des cours supplémentaires. Toutes mes copines du lycée me le disent qu'il peut *die* pour moi. Il paraît qu'il bave quand il me regarde... ça m'étonne pas. Ça se voit tout de suite qu'il en peut plus sur moi. Lol.

Les gens du Balto

Si j'essaie de me perfectionner en anglais, c'est parce que, plus tard, j'aimerais voyager. L'Amérique surtout, c'est mon objectif. Ici, on peut pas devenir quelqu'un, tout ce qu'on peut, c'est être quelqu'un et le rester toute sa vie. La preuve : mon père et ma mère. J'ai une grande sœur qui s'appelle Virginie. Elle est trop belle, je suis sûre qu'elle vous plairait d'ailleurs. Elle en avait marre et elle s'est cassée à Paris, et ben moi, je ferai encore plus fort : j'irai à Los Angeles, Californie, États-Unis d'Amérique. Je pense que Tani me suivra là-bas. De toute façon, c'est pas un souci, d'ici là, je trouverai mieux. Lol.

Quoi ? Bah, c'est vrai. Faut toujours trouver quelqu'un à sa hauteur. C'est ce que font déjà tous les mecs. Dès qu'ils s'achètent une nouvelle voiture, ils se trouvent la fille qui va avec.

Tout ça, c'est juste que je suis lucide. C'est dans mon thème astral. C'est comme ça.

Donc, pour continuer... Hier j'ai fini les cours à 17 heures. Je vous ai amené la photocopie de mon emploi du temps de l'école, comme ça, vous gagnerez du temps. Lol. C'est ma mère qui a eu cette idée. Pour une fois que je l'écoute, elle était dosée la pauvre vieille. Elle va kiffer pendant trois jours en croyant qu'elle a retrouvé de l'autorité. D'ailleurs, dsl mais je vois pas comment elle peut retrouver une autorité qu'elle a jamais eue...

C'est un détail alors passons. Cette journée donc, rien qui changeait de d'habitude. J'ai encore eu deux ou trois invitations à sortir avec des mecs du lycée. Et encore deux ou trois regards de jalousie de Nadia Chacal. Une des filles les plus moches que je connaisse. La pauvre. Je l'éblouis : quand elle me croise, elle ferme les yeux.

À la sortie des cours, Tani devait venir me chercher parce que le soir même, y allait avoir la fête Tektonik organisée chez moi. Pour l'occasion, je m'étais acheté la tenue Paris Hilton. J'ai vu ça dans mon magazine *Life Star*. J'y trouve toutes les bonnes adresses pour avoir les mêmes fringues en moins cher de toutes mes stars préférées. Ça m'allait super bien. Tout en rose. C'est la tendance de cette année les couleurs pastel. Je vous donne le tuyau.

À 18 h 30, Tani était toujours pas en vue. J'ai demandé à Karine Z. qui rôde toujours autour du lycée avant de rentrer chez elle si elle voulait bien attendre avec moi. Elle a accepté. Franchement, attendre seule, c'est vraiment la *loose*, c'est bon pour Nadia Chacal.

De toute façon, si elle avait refusé, dès le lendemain matin, j'aurais monté tous les mecs du lycée contre elle, ils m'auraient suivie, c'est clair, ils bavent tous sur moi. Ou alors j'aurais trouvé quelqu'un d'autre pour me tenir compagnie. Au lycée, les gens se battent pour avoir le droit de traîner avec moi ou de s'asseoir à ma table à la cantine. Lol.

On peut dire que tout le monde m'aime, oui. Y a pas de honte à l'admettre. La preuve : sur mon MSN j'ai cent quatre-vingt-sept amis. Dès qu'il y en a un qui me saoule, je le supprime et j'en *add* un autre. C'est pas forcément dur d'y entrer dans le cercle de mes contacts MSN, c'est plutôt d'y rester qui est pas *easy*.

Tout ça pour dire qu'une demi-heure plus tard, toujours pas de Tani dans les parages. Vous voyez, comme quoi il faut écouter l'horoscope. Ils l'ont dit. Je suis Vierge et quand les Vierges ont leur lune dans la trajectoire de Pluton, c'est mal barré. Moi je suis pas le genre de nana qu'on fait attendre, je croyais que c'était clair dans sa petite tête.

Karine Z. était en train de me raconter sa *life*, je me disais : « Au moins ça me fait passer le *time*. » Elle me parlait d'un de ses dix mecs. Je me demande comment elle fait celle-là pour ne pas se faire attraper à sortir avec autant de mecs en même temps. C'est vrai ça, on est dans une ville tellement minuscule ! À Los Angeles, d'accord sans problème, mais ici à Joigny-les-Deux-Bouts, tout le monde connaît tout le monde. Donc Karine Z., tout à coup, elle sort quelque chose de son sac à main et me fait signe de m'approcher. Vous devinerez jamais ce qu'elle m'a mis sous le nez : un énorme test de grossesse positif. Elle m'a dit : « Je viens de le faire dans les chiottes du lycée. J'avais juste à pisser dessus. C'est le tout dernier test de grossesse qui est sorti. 99,9 % de fiabilité. » En majuscules sur un écran rose, y avait écrit : ENCEINTE. Le scoop du siècle. Si vous aviez vu sa tête à cette pauvre conne. Lol. Elle m'a fait promettre de le répéter à personne. Je lui ai dit de pas s'inquiéter et qu'elle aurait même intérêt à me confier le test pour que je le garde à la maison sinon ses parents risqueraient de tomber dessus. Alors que chez moi, il serait en sécurité, mes vieux savent bien qu'ils ont l'interdiction formelle d'entrer dans ma chambre. Même si je cachais un mec à poil dans mon placard, ils s'en rendraient jamais compte. Ils sont complètement à la masse.

C'est à ce moment-là que j'ai envoyé à Tani le fameux texto. Le sms de la mort. Je vous le lis, je l'ai pas effacé, il est encore dans mes brouillons tellement il est anthologique : « C mor entr nou2, tu mé tro2 plan galR, chui pa ta put1, mar 2 t'attdr, à par lé parking, tu coné Ri1, trouv toa 1otr pigon. PS : G 1 gro retar 2 règl… tu 2vré t1kiété. Jvé o Balto ce swar. Rejw1 moa. Nvl 1portante. » J'y suis allée fort. Lol.

Les gens du Balto

Au moins, après ça, c'était sûr qu'il viendrait. Je suis passée vite fait chez Karine Z. récupérer l'i-Pod que je lui avais prêté, j'en avais besoin pour la fête du soir, y a mes meilleurs morceaux de Tektonik dedans. Ensuite, elle m'a fait promettre une deuxième fois de garder le secret, ce que j'ai fait bien sûr, lol. Après ça, elle est restée chez elle puisque de toute façon, elle était pas invitée à la soirée et moi, comme prévu, j'ai pris la direction du Balto.

Mon Tani, je l'ai vu arriver en détalant. Il arrachait presque des morceaux de gazon avec ses baskets tellement il avançait vite. Avec sa petite casquette rouge vissée sur le crâne, il ressemblait à un champion de tennis. C'était trop chou. Je le voyais arriver vers moi et je me disais bien fort à l'intérieur de ma tête : « Faut pas que je rigole. »

C'était dur de se retenir, la scène allait être hyper comique. Mdr. Je dirais même : ptdr. Ah... vous ne suivez plus, monsieur le gendarme... Je vois, vous êtes un peu comme mes parents, style génération qui a lu des livres devant des cheminées, les soirées disco et compagnie. Bon alors, mdr c'est « mort de rire » et ptdr c'est presque le maximum, c'est « pété de rire ». Y a aussi exptdr qui veut dire « explosé ET pété de rire ». Je précise que celui-ci est à utiliser rarement, seulement en

111

cas de fou rire, sinon c'est clair qu'il perd de sa valeur. Vous comprenez maintenant ? Quand on s'écrit par Internet, on ne se voit pas, on n'est pas face à face alors ce sont des sortes de codes pour dire à la personne avec qui on communique comment on se sent, par exemple quand c'est *funny*, quand c'est marrant quoi... Y a même des petits dessins, des *smileys*...

D'accord, d'accord, vous avez raison, on s'éloigne du sujet. En plus, j'en étais à un moment d'ultra suspens de mon histoire.

On est entrés dans le café et on s'est assis tous les deux. Y a Joël qui lui a fait une drôle de réflexion, je me rappelle pas bien quoi. Faut dire qu'il en faisait tellement de remarques ce con. D'ailleurs j'étais étonnée qu'il m'en fasse pas une sur ma tenue vestimentaire pour une fois. Il adorait ça. Toujours en train de me scruter. Du genre : « Enlève carrément ta jupe, elle cache rien du tout, c'est pas une jupe, c'est un mouchoir ! T'as vraiment une allure de traînée, si j'étais ton père tu verrais que ça se passerait autrement... » Je lui répondais juste qu'il était pas mon père et que je m'habillais comme j'en avais envie. Ça se voyait qu'il avait pas d'amis pour s'attarder sur moi à ce point-là. Ou alors, il devait être vraiment amoureux de moi lui aussi, ce vieux pervers dégueulasse.

Bref, avec Tani, on est allés s'installer au fond du bar. Au début, j'ai essayé de le détendre, de lui faire un peu la conversation... de lui parler de moi mais il était trop stressé, ça l'a agacé plus qu'autre chose. Il voulait absolument savoir si j'étais enceinte. Il me l'a demandé *cash*. Et c'est là que j'ai réalisé pour la première fois de ma vie que je serais sûrement une très grande actrice. Je l'ai regardé droit dans les yeux en fouillant dans mon sac et je lui ai sorti le test. Lol. La tronche qu'il a tiré le pauvre. C'était trop mimi. Au début, il y comprenait rien. Il a penché un peu la tête pour lire à l'endroit ce qui était écrit. Puis, il m'a regardée comme s'il attendait une explication. Alors je lui ai sorti LA phrase qui tue, en essayant de bien me souvenir de ce que Karine Z. avait dit : « C'est le tout dernier test de grossesse qui est sorti. 99,9 % de fiabilité. Lis si tu veux savoir. »

Une phrase de cinéma. Je pouvais remercier Karine Z. d'être tombée enceinte ce jour-là. Je lui dois une fière chandelle.

Je pensais qu'avec un électrochoc pareil, il viendrait au moins à ma soirée mais non, même pas, Monsieur avait besoin de réfléchir.

Ouais, quelle question ! Bien sûr que j'ai l'intention de lui dire que c'était un canular le coup de la grossesse ! Je suis sûre qu'il le prendra pas mal, il m'aime à la folie. Ce mec, il pourrait tuer pour moi, il me kiffe trop. Et puis, après tout, si j'ai fait ça, c'est pour qu'il comprenne qu'il doit me mériter. Une fille dans mon genre, on la mérite. Il me fera plus jamais attendre. Bon, c'est vrai que j'ai fait un peu la gueule. J'étais déçue de rentrer toute seule, sans lui, sans mon Tani. En plus, il était tout bouleversé. Je m'éloignais, après avoir payé les verres comme d'habitude, lol. Et si j'avais eu un rétroviseur accroché au corps, j'aurais vraiment kiffé de voir la tête qu'il faisait. Mais je n'avais pas le droit de me retourner. Si j'avais fait ça, j'aurais enfreint une des règles d'or. Dans le numéro 97 du magazine *BM – Bonne et Mignonne*, il y avait un article extra que j'ai découpé et accroché sur mon mur, près des photos de moi à la plage. L'article s'intitulait : « Les règles d'or à ne pas enfreindre pour être toujours irrésistible ». En numéro 3, il est écrit qu'à la fin d'un rancard, quand tu t'en vas, tu ne dois JAMAIS JAMAIS (c'était marqué deux fois en rouge dans l'article) te retourner. Si tu te retournes, t'es une vraie looseuse parce que ça t'enlève tout ton charme et ton mystère. L'idéal, c'est de s'éloigner comme une princesse en laissant derrière soi une traînée de parfum sucré et de marcher d'un pas décidé en roulant légèrement du cul. J'ai rodé toutes les techniques. Et waouh... je dois dire que ça marche pas mal du tout.

Donc au final, j'ai envoyé un message groupé sur MSN pour annuler la fête quitte à briser le cœur de ceux que j'avais invités pour la première fois. Comme phrase de bulletin, j'ai écrit : « Dsl la fête est annulée. »

Au moins, j'étais sûre d'être tranquille. Mes parents s'étaient tirés. Soi-disant, ils étaient sur les nerfs... Sous-entendu à cause de moi. Comme si j'allais les plaindre. C'est à cause de ces deux ratés que j'ai même plus le droit de voir ma grande sœur. J'ai passé la soirée toute seule comme une naze, à la *Nadia Chacal style*. J'ai regardé la télé et je suis allée me coucher. Sans oublier de prendre ma pilule, on sait jamais...

Yeznig, dit bébé, le gros
ou l'handicapé

Pour moi, il y aurait trois personnes ici. Pour Tani et maman, un seul. Que le monsieur, vous avec les cheveux gris. C'est qui vous, madame avec des lunettes, et vous, monsieur ? Je savais. Des psychiatres. Vous serez tous ressemblants. J'aime pas, eux, les psychiatres. Depuis que je serai un enfant tout petit, j'irai voir les psychiatres et ils seraient trop méchants. Ils disaient des choses sur moi que je n'aimerais pas écouter. Voilà.

Je serai triste que Joël est mort. J'aurai pleuré. Même si je sais que mort, il n'allait pas pleurer sur moi.

C'est toujours triste de mourir. Il n'allait jamais faire de bébé. Un jour, Joël a dit qu'il y a des pays où on tue les bébés qui naîtront comme moi.

Handicapé. Avec des choses étranges dans leur tête. Ils n'ont pas le droit de vivre.

J'allais travailler au CAT. Arnaud n'arrêtera pas de crier. Arnaud ? C'est un éducateur. Il criera jusqu'à ce que j'aurai envie de lui faire des trous dans la voix. Des petits trous. Pour avoir des petites pauses. Ce sera une journée toujours comme avant. Étiquettes, boîtes, étiquettes, boîtes, étiquettes... Toujours toujours. Je serai rentré, maman n'était pas là. Seulement mon papa. Ouf maman était encore au train. Je n'ai pas envie de mourir des oreilles. Sa voix rentre tout au fond, elle passe dans mes veines là où on me fait des piqûres, et elle arrive dans mon cœur. Des fois, il arrêtera de battre tellement la voix est piquante. Voilà.

Je fais des dessins dans la chambre si je m'ennuyais. Des dessins avec des couleurs. Comme ça ma tête sera dans les couleurs et je n'entendais plus la voix de maman. Alors Tani sera rentré, il pousse la porte fort.

Tani avait du sang sur la figure, il n'aurait même pas remarqué, papa rigole devant la télévision. Mon frère est venu dans la chambre des garçons. Je lui mettrai de l'alcool qui brûle les bobos et je lui mets aussi des pansements de la publicité. Les pansements des super-héros. Mes préférés. Je les mettrai sur les doigts au travail du CAT à cause des étiquettes qui coupent. Tani est gentil avec moi. Il me fera un câlin pour dire merci à cause des pansements. Il est bizarre ce jour-là, il sent mauvais de la bouche et il pleurait. Il dira plusieurs fois : « Elle me l'a fait dans le dos ! »

Après Tanièl, je serai sorti. Parce que si quelqu'un le frappe, je le défendais aussi. Lui, toujours il me défend. Il est un gentil grand frère. Je l'avais suivi. Il a été chez Jojo l'affreux. Voilà. Je me serai caché de l'autre côté pour le regarder. Il sera avec la fille rose bonbon. Ouf. Pas la bagarre.

Après, elle serait partie. Moi j'aurais mis ma Game Boy dans mon sac. Je devrais atteindre le final boss bientôt. Alors Tani est sorti du bar. Moi, j'allais attendre un peu et puis rentrer aussi jouer. Jojo ne me dit rien. J'aurais joué un peu même au flipper et j'avais posé ma Game Boy sur la table devant le miroir et je l'avais laissée là.

Après ça, je me serai trompé, j'irai encore au CAT au lieu de la maison. Parce que j'ai oublié. Je n'aurais pas vu que c'était déjà la nuit et j'aurais un peu peur. J'aurais seulement treize ans. C'est comme si j'allais retourner au travail. Ils disent « apprentissage » mais c'est du travail.

Alors je suis revenu au Balto qui serait tout fermé. Et moi ma Game Boy était restée là-bas.

Ce sera dommage, je veux battre le record, j'aurai presque arrivé au niveau 4 du jeu, celui où le petit singe ira sauter sur les arbres pour arriver au final boss, voilà. Et je saurai que Jojo pouvait bien jeter mon jeu à la poubelle parce qu'il sera méchant et il ne m'aimait pas. Alors là, je ferai le tour du bar pour trouver la porte qui sera derrière. Celle-là, Jojo ne la ferme pas à clé. Je le savais parce que le gendarme, s'il me ramènera chez moi quand c'est la nuit, il passe par ici.

Je déciderai de pousser la porte et elle s'ouvre tout doucement. Je passais ma tête pour voir, il y aura de la lumière. Je traverse le petit couloir, il y aura une odeur de rat et de pipi. Je passerai aussi dans la réserve avec les grandes piles de journaux, les cartons, le paquet de croquettes pour chats. Mais Jojo n'avait pas de chat. C'est comme si tu auras un maillot de bain et que tu rentres jamais dans une piscine. Voilà.

Là, je voyais Jojo, je passerai seulement ma tête dans la porte pour qu'il ne me verra pas et qu'il ne se fâchait pas après moi. Je l'avais vu en train de se faire beau. Il aura mis de la gomme qui fait briller les cheveux et, alors, il a un peigne dans sa poche qu'il avait sorti pour se coiffer. Comme je serai gros, alors, je ferai du bruit et Jojo m'entendra. Il m'aura vu et il aura des yeux noirs, tout petits. Il me fera peur. J'ai dit : « C'est ma Game Boy qui restera ici, je la prends et je pars, voilà. »

Mais ce sera bizarre parce que pour la première fois, Jojo ne se fâchait pas.

«Ah! C'est que toi... Tu m'as foutu les jetons! Assieds-toi là l'handicapé! Prends une chaise.
— Je suis bien. Je suis pas handicapé.
— Oh mais y a rien de mal!! On peut plus rien dire dans ce pays. Un handicapé c'est un handicapé. C'est pas méchant, faut pas prendre la mouche.
— Je prendrai pas la mouche. Je voudrai seulement prendre ma Game Boy. Voilà.
— Oh te vexe pas. Allez reste un peu, viens, on va causer. Tiens, voilà, j'ai envie de causer ce soir... Avec toutes les sornettes que j'écoute ici, je veux dire... Enfin quoi merde, j'ai bu quelques verres et j'ai bien envie de causer c'est tout. Faut pas croire que je suis un pédophile ou ce genre de choses... Pourquoi t'as la trouille? Allez prends un siège, va! T'as pas envie de causer avec Jojo?
— D'accord. Tu causeras toi d'abord.
— Comment tu t'appelles toi déjà?
— Yeznig. C'est ça mon nom.
— Bah t'es pas gâté mon pauvre. Quand on donne un prénom pareil à un gosse faut pas s'étonner qu'il sorte handicapé! Bon, je sais que t'es pas bien bavard d'habitude mais là, tu peux

faire un effort. C'est ma dernière tournée mon grand : je t'offre une grenadine ?

— Oui. D'accord. C'est délicieux la grenadine.

— Tu peux rester pour un seul verre et après tu pourras prendre ton jeu et te tirer si t'en as envie. D'ailleurs ta mère doit s'inquiéter, il est tard.

— D'accord.

— Tu sais que ton frangin a fait des siennes ici cet après-midi ? Il a vraiment mis une raclée à son copain le petit Arabe. Qu'est-ce qui lui a pris ?

— Il avait pleuré. Il sera triste.

— Il se fout dans la merde. Il est con.

— Non, triste.

— Et puis d'abord pourquoi il va pas à l'école ?

— Pourquoi il y aura des bouteilles accrochées à l'envers derrière toi ?

— Bah j'sais pas moi. J'y ai jamais réfléchi. Pourquoi tu me demandes ça ? D'abord, on t'a jamais dit qu'on répond pas à une question par une question ? C'est comme ça. On sert à l'envers, c'est tout... Là, le pastis par exemple, on le sert comme ça, le bec en bas. Allez bois ta grenadine. Je t'ai même foutu une paille dedans.

— Le docteur sera fâché si je buvais la grenadine. Il dit que ce serait mauvais, je suis un gros. Et il y aura du sucre dans la grenadine.

— Quoi ? Qu'est-ce que c'est que cette connerie ? C'est comment son nom au docteur ?

— Gigi-Gymnase-La foire-Le pont-Le rond...

— Qu'est-ce que tu racontes ?

— Ce sera pour me rappeler le nom de quelqu'un quand il part de ma tête. Ah ça y est, il va revenir le nom c'est : docteur Forgeron.

— T'es un drôle de cas mon petit bonhomme... En tout cas, je pense que tu veux parler de Forgeron, docteur Denis Forgeron... Alors laisse-moi te dire que pour quelqu'un qui donne des conseils, il est mal placé ! Je lui donne à peine six mois avant qu'il crève d'une cirrhose du foie celui-là ! La prochaine fois qu'il te fait une remarque, dis-lui : "C'est l'hôpital qui se fout de la charité." Tu pourras même lui dire de ma part ! Est-ce que tu comprends ce que ça veut dire ?

— Non.

— Bah, tant pis. Dis-lui quand même à ce connard de merde. S'il y a bien une chose que tu sais faire, toi, c'est faire le perroquet. Alors répète !

— C'est l'hôpital qui se fout de la charité.

— Dis-moi... Est-ce que t'es capable de garder un secret ? Si je te racontais quelque chose, tu dirais rien ?

— Non. Rien.

— C'est d'accord. Ça resterait entre toi et moi ?

— Oui. D'accord. »

Il m'aura dit un gros secret. Chut.

123

Alors, c'était fini. Quand dans mon ventre ça aura remué, j'avais couru dans l'herbe derrière la pharmacie et j'avais vomi. J'aurais entendu un bruit et plus rien du tout. Seulement la voix de maman serait sortie de mon dos et elle s'est mélangée au vomi. Maman m'aura cherché, elle m'a ramassé. À la maison, j'aurais lavé ma bouche parce qu'il y a encore du vomi et de la voix de maman à l'intérieur. Je compterais mes dents pour voir si j'en aurais perdu une et je dormais car je serais fatigué. Tani ne serait pas encore là.

Non, je dirais pas le secret parce que c'est un secret. Il faudrait jamais dire un secret. Par exemple, j'aurais vu Arnaud au CAT, il avait touché Camélia en cachette dans un coin, une plus grande que moi, mais elle était sourde la pauvre et aussi elle parle pas du tout. Alors je les aurai vus et Arnaud, il me dira de le répéter à personne, que ce serait un secret. Voilà.

C'est pour ça qu'il m'achètera beaucoup de jeux de ma Game Boy parce que maman trouve que ce serait trop cher. Elle dira : «Ça coûte la peau du cul.» Voilà. Arnaud il me donne des jeux pour garder le secret.

Non. Je ne disais pas le secret de Joël. Non. Je ne veux pas de Nintendo DS. Je voudrais seulement le jeu du ski pour ma Game Boy, celui où il faut faire des galipettes pour gagner la coupe.

France 3 Île-de-France

Du nouveau dans l'affaire de Joigny-les-Deux-Bouts. Depuis la confirmation, il y a quelques jours, qu'il n'y avait eu aucune effraction la nuit du meurtre et que la recette du jour n'avait pas été dérobée, on s'oriente de plus en plus vers l'hypothèse d'un règlement de comptes. D'après une source proche de l'enquête, les conclusions de la police scientifique et le témoignage clé d'un adolescent déficient mental peuvent même laisser espérer un dénouement rapide de l'affaire, ce que confirme, en ces termes, le commandant Vincent Bergues : « Eu égard aux éléments afférents à l'enquête et sans abandonner en tout état de cause l'hypothèse d'un crime crapuleux, il est certain que la piste d'un

règlement de comptes est aujourd'hui privilé-
giée. Mais je vous rappelle que l'enquête est
toujours en cours et donc qu'il m'est impossible d'être totalement affirmatif eu égard à
votre question. Je vous remercie. »

Jacques, dit Jacquot,
le daron ou Coco

Alors comme ça, elle traîne encore votre affaire? Pas faux. Vous avez raison. Personne n'est au-dessus de tout soupçon. On a tous notre côté noir. Même vous, je parie. De toute façon, ça m'est égal. J'ai rien de mieux à faire. Je pourrais venir tous les jours si vous avez de nouvelles questions à poser. D'ailleurs, je crois bien que j'ai de nouvelles choses à vous dire depuis la dernière fois.

D'abord, et c'est plutôt une bonne nouvelle, vous avez devant vous le nouveau Jacquot. Un nouvel homme. Tout frais sorti du magasin. J'ai rendez-vous juste après avec une conseillère juridique, j'espère qu'elle est mignonne. Je voudrais lui demander des conseils sur le divorce. C'est en discutant avec mon grand que j'ai eu l'idée. Y a un tas de gens qui divorcent après cinquante ans vous savez. J'y avais déjà pensé mais on n'ose pas trop à mon âge. J'ai envie de repartir à zéro. De recommencer une vie. D'avoir des projets, des ambitions. Vais commencer par appeler « Change de look », alors ça, j'y suis bien décidé. Ils vont me rénover de la tête aux pieds. Je vous le jure, serai méconnaissable. Je serai tout beau pour « Qui aime l'oseille ? », un nouveau concept. Ils ont fait la sélection des candidats au mois de janvier et vous devinerez jamais... j'ai été retenu !! J'en dors plus, capitaine. J'y pense tout le temps. Suis excité comme une puce. Faut que je me mette au sport aussi. Si je fais « Change de look » ce serait bien de perdre une taille ou deux. La taille 5, elle me colle à la peau. Depuis l'histoire des combinaisons de l'usine accrochées dans les vestiaires. Un jour que mon étiquette dépassait, Marcel, pour charrier, a commencé à se fendre la poire sur cette taille 5. Pendant quelque temps, sur la pointeuse, y avait écrit taille 5 à la place de mon nom. Je lui en voulais pas à Marcel. C'est qu'ils aiment se marrer les ouvriers, faut pas croire... C'était la bonne époque.

Enfin, si je réussis à atteindre le premier palier à « Qui aime l'oseille ? » je peux m'en tirer avec 5 000 euros. Vous vous rendez compte ? Avec ça, je me taille aussi sec. Une croisière sur le Nil. Ça va reluquer les maillots de bain, je vous le dis, capitaine ! J'ai des années à rattraper !

Vous avez bien fait de me convoquer aujourd'hui, je me sens mieux, plus en forme pour bavarder... Oui... Bah, j'étais un peu déprimé, voilà pourquoi j'ai été bref.

Pas faux que le Jacquot a négligé quelques détails...

À propos des 15 000 euros ? Je pense que vous auriez fait comme moi. Quinze mille euros, c'est une sacrée somme tout de même. On peut décemment pas laisser tomber une affaire pareille. Vous vous souvenez de ce que j'ai dit l'autre jour ? J'ai croisé le gamin, puis on est allés faire un petit jogging ensemble... Bah, je me suis arrêté là... Je précise bien que tout ce que j'ai raconté avant est exact.

Alors voilà, vers 2 h 30 à peu près, on s'est mis en route pour la maison, il se faisait tard, et il faisait froid. J'avais pas forcément envie d'aggraver mon cas, y avait la lèpre qui m'attendait. Je parle de Yéva, vous aurez compris...

À vrai dire, c'est mon gamin qui part vite, c'est lui qui m'a chauffé et j'étais déjà dans un état de nerfs incroyable. Ce môme a un problème, il démarre au quart de tour alors quand je lui ai parlé de l'histoire du ticket de Banco que Joël m'avait piqué, Tanièl s'est fichu en rogne. Même

gravement en rogne. En réalité, c'était la première fois que je le voyais comme ça. « On va lui
niquer sa race », qu'il répétait. Le môme était fou
de rage, il était prêt à tout pour récupérer le fric.
Emporté par une espèce d'élan viril que mon fils
avait fait naître, j'ai décidé de le suivre. Et puis
zut à la fin, c'était l'occasion ou jamais de redorer
le blason paternel, de prouver que j'étais capable
de me montrer courageux pour une fois. Je sais
capitaine, c'est pas malin. Je devais montrer
l'exemple et dissuader le môme de faire une
connerie... Mais j'ai pas pu résister.

On s'est dirigés vers le Balto à grands pas,
tellement à grands pas d'ailleurs que j'étais
essoufflé comme un buffle. « Attends ! Te presse
pas trop », que j'ai dit au môme. On s'était tapé
deux tours de parc, j'en pouvais plus.

L'idée c'était de le réveiller. Juste pour lui
faire un peu peur. Rien de méchant.

On a réussi à passer par-derrière, la porte
était ouverte. Ça m'a étonné d'ailleurs qu'un
type pareil n'ait pas l'idée de s'enfermer à clé.
Avec le gamin, on a pris l'escalier qui monte
directement à l'appartement. On voulait pas lui
faire de mal, c'était rien de plus qu'une vengeance de voisinage. Que ce soit bien clair,
c'était pas notre intention de le tuer. De lui
foutre la trouille, ça oui.

C'est pas très grand chez lui. Assez crade. Des bouteilles vides qui traînaient un peu partout. Le gamin disait que ça sentait le rat mort. Par contre, il avait une sacrée bibliothèque de revues pornos. Du niveau collectionneur. Un sacré pervers.

Et puis sur le buffet, on a remarqué des bocaux en verre avec des étiquettes dessus. On se serait presque cru dans un film. Une sorte de laboratoire lugubre. Et il y avait ces filles vulgaires sur les unes de ces magazines cochons qui nous regardaient droit dans les yeux, du moins, j'avais cette impression... J'ai demandé à mon fils de les retourner, ça me gênait leur façon de me fixer. Je savais bien que c'était un type bizarre ce Morvier, mais j'aurais pas parié que c'était à ce point-là. Sur les étiquettes, y avait marqué en rouge YÉVA. Le nom de ma femme. Ça m'a mis une bonne gifle. Le gamin aussi en menait pas large. Ça a dû tripler sa colère. Déjà que ça le dérange quand un mec louche un peu trop sur sa mère dans la rue...

Ce qui y avait à l'intérieur des bocaux ? Vous le croirez pas... des mégots. Des mégots de cigarettes que Yéva avait fumées. Je le sais parce que j'ai remarqué les traces de rouge à lèvres dessus. Je le reconnaîtrais entre mille. Elle met le même depuis des années. Quelle enflure ! Il bavait sur ma femme et je me rendais compte de rien. Elle allait là-bas tous les jours acheter son paquet de

Gauloises blondes. Si je connaissais mal Yéva, j'aurais même pu croire qu'elle me trompait avec lui. Mais ça, je pourrais mettre ma main au feu que c'est jamais arrivé. Morvier, c'est pas son genre. En tout cas, pas de trace de Patinoire dans l'appartement. On est redescendus aussitôt et on a traversé la réserve pour accéder au bar. Mon idée, c'était de me venger autrement. Je voulais piquer tous les tickets de grattages. Y en aurait forcément un de gagnant dans le lot. En entrant dans la salle, j'ai vu une image qui me restera là, entre les yeux, pour le restant de mes jours. Et puis la position de son corps... Pourquoi à poil d'ailleurs ? En voyant son tas de vêtements posé sur un tabouret, j'ai imaginé qu'avant de lui faire ça, on l'avait violé ou un truc du genre. En tout cas, notre plan était tombé dans l'huile. Ça nous a fait un choc à moi et au gamin. On est repartis comme on est venus, en faisant bien gaffe de pas marcher dans la flaque de sang. On se doutait que cette histoire allait nous créer des ennuis. Pour cette raison, j'ai pas voulu tout raconter la fois dernière. On n'avait rien fait. Même si on avait voulu, on n'aurait pas eu le temps.

Tanièl, dit Tani,
Quetur ou bon à rien

Alors, il paraît que mon vieux a déjà tout raconté, monsieur le gendarme. Dans le fond, il a eu raison. Maintenant, après avoir bien réfléchi, je peux le dire, c'était pas futé mon idée. C'est moi qui l'ai incité à se taire sur cette partie des faits. Je voulais pas de problèmes. Franchement, mon père, c'est un mec honnête, il est un peu bébête parfois, mais il est honnête. Là-dessus, je vois pas ce que je peux ajouter.

Dans un sens, tant mieux qu'on l'ait trouvé déjà séché le Jojo, parce que j'avais une putain de haine en moi. Faut me croire, j'étais prêt à le marbrer. En fait, ça m'a évité de grosses embrouilles.

Ça m'a quand même sonné de le voir comme ça. Déjà, il avait sa gueule fermée, pour une fois. Je plaisante, monsieur le gendarme... C'est pour

133

dédramatiser la situation. J'ai cauchemardé quelques nuits à cause de cette vision. Un mec mort, tout nu, planté de partout, qui flotte pratiquement dans son sang. C'est pas tous les jours qu'on voit ça. C'est choquant. Même pour moi, je suis pas un mec vraiment sensible mais là, ça a fait son effet. Reconnaissez que c'était un gros mange-pierres ce mec, il était complètement taré. C'est quoi comme idée, ça, de ramasser les mégots d'une femme et de les ranger dans des bocaux en verre ? Hein ? Je vous le demande... Le type, il les a carrément étiquetés ses trucs et classés par mois, ça allait de novembre à février. Quand j'ai vu marqué le prénom de ma vieille, ça m'a traumat'. Alors une fois en bas, avec l'odeur du sang, laisse tomber ! La putain de flaque sa mère ! Je vous dis pas. Le vieux et moi, on disait plus rien. On regardait dans le vide. Croyez-moi bien, on s'est barrés vite fait. Il devait être entre 2 h 30 et 3 heures du matin. La peur que les flics arrivent et encore plus peur de rencontrer le mec qui a fait ça. On a fait les baltringues le daron et moi.

Sur le trajet du retour, j'ai dit au vieux qu'il fallait que ça reste entre nous. Faut avouer, enfin, je sais pas s'il vous l'a dit, mais il paniquait pas mal. Je le reconnaissais mieux comme ça. En fait, j'aurais pas dû l'engrainer. Il avait besoin de me prouver quelque chose. Il a joué le chaud. Je sais très bien que c'était pour me faire de l'effet. Mais je le sais bien qu'il est brave le vieux. Pas besoin de cinéma. En tout cas, y a un truc qu'il avait pas remarqué mon père au début, c'est le fusil de chasse qui était posé sur la bibliothèque. Le daron, je l'ai cramé, il avait bloqué sur les magazines de boules à côté. C'était un de ces fusils à l'ancienne, une grosse bête. Le daron de Magalie a le même dans son grenier. Je l'ai tenu un peu, je faisais genre de viser avec et tout. Ça donne de la classe je trouve. Mais mon vieux m'a mis un coup de pression. « N'y touche pas ! T'es dingue ! » Alors je l'ai reposé. Je dis ça par rapport aux empreintes... Je sais que votre équipe et vous, vous avez fait l'appartement de Patinoire en long et en large. Vous avez dû relever des empreintes, pas vrai ?

Ouais, je m'en doutais. Vous visez juste, j'ai bien fait de dire la vérité. J'aurais pu être accusé bêtement. Vous savez, monsieur le gendarme... J'aurais pu. Il fallait que je le dise. On sait pas jusqu'où on est capable d'aller tant qu'on n'y est pas encore allé. J'aurais pu le faire et le plus important, c'est que je l'ai pas fait.

Je dis ça aussi parce que je pense à Magalie. Elle serait allée vers le pire... Qu'est-ce qu'elle m'aurait inventé la fois d'après ? La mort de quelqu'un ? Une guerre ? Un viol ?

Je croyais pas qu'elle serait capable de ça.

Inventer un bébé. Elle mériterait une bonne grosse tarte. J'y ai cru comme une tache à son truc. Je savais plus où me mettre, ça m'a déboussolé. Voilà, à cause de cette histoire de test de grossesse, je l'ai jetée en l'air, tout simplement. Elle a qu'à chialer maintenant, elle pissera moins, comme dirait ma vieille. Si j'étais à sa place, j'aurais trouvé autre chose, une pirouette, mais j'aurais jamais avoué un truc comme ça. J'aurais raconté que j'avais perdu le bébé ou, je sais pas moi, que je faisais partie des 0,1 % qui sont hors du calcul de fiabilité. Enfin, voilà, quelque chose... C'est trop dur de rentrer dans la peau d'une meuf, et pire, d'une meuf tordue comme elle.

Un mensonge aussi gros, c'est trop chaud de le faire dégonfler. Je sais pas ce qu'elle a dans la tête mais à part un pois chiche, je vois pas autre chose. Elle a tout gâché.

Je m'en fous de toute façon, elle m'a saoulé, on n'était pas dans les mêmes délires. Et puis, des blondes, je pourrais m'en serrer autant que je veux, c'est trop facile.

C'est une fille qui a l'habitude de mettre des vents aux mecs, elle s'est fait jamais tèj avant moi. C'était sa première fois. Elle est tellement prévisible. Elle raconte à tout le monde que c'est elle qui m'a guélar. J'en étais tellement sûr que j'ai tout enregistré sur mon portable. Je suis pas menteur. Écoutez... Si ça a rapport avec l'enquête ? Ah bah ça, c'est sûr.

«Tu vas le regretter tu verras. Le jour où tu reviendras vers moi, tu te sentiras bien con. Tu me supplieras à genoux de te reprendre. Mais moi, je suis pas une fille recyclable... Une fois que tu m'as jetée, tu me récupères plus jamais !

— Si tu veux ouais. Je m'en bats les couilles. J'ai pas envie de rester avec une mytho et c'est tout.

— Tu t'es vu quand t'as bu toi ? Le mytho entre nous deux, c'est plutôt toi ! Là je te signale que par franchise, je suis venue te dire la vérité, j'avais des remords et c'est comme ça que tu me remercies ? Les mecs vous me faites trop rigoler, vous êtes tous pareils. De toute façon, j'avais l'intention de te lourder tôt ou tard. T'es pas à ma hauteur. Le jour où tu me verras à la télé, que je serai à Hollywood, c'est là que tu vas pleurer dans la minijupe de ta mère !

— Allez casse-toi d'ici...

— Ouais, ouais, je me casse t'en fais pas ! Mais avant ça, je te préviens, tu vas me rendre mon argent. T'as intérêt à le trouver illico ou je le dirai à mon père...

— Ah maintenant tu te souviens de ton papa chéri ? Je te rendrai tes thunes, pleure pas pour ça. Et si t'as l'idée de retomber enceinte un jour, organise-toi un peu mieux... J'espère que tu sauras au moins qui est le père. »

Elle avait besoin d'une petite pression, vous voyez ce que je veux dire. Elle verra qu'à force de se la péter comme ça, tout le monde lui tournera le dos. C'est comme ça la vie.

Vous savez, cette histoire, elle aura au moins eu du bon, monsieur le gendarme. Je me reprends un peu en main, j'essaie de penser à moi maintenant. Putain de sa mère, en tout cas, j'ai eu chaud au cul mais grave, je me voyais déjà père au foyer, comme le vieux. Avec Magalie qui rentre du boulot le soir pour me crier dessus et tout le bazar... Moi en train de m'occuper du marmot. Le gros cauchemar. Ça me rappelle mes parents.

Mon vieux, c'est cool, il veut bien m'accompagner chez les éducateurs spécialisés. Tout seul, j'avais la flemme, j'avoue un peu la trouille aussi. Ils vont m'aider à retrouver une école ou une formation, un truc du genre. Faudrait que je m'active, j'ai bien pris les paroles de mon vieux l'autre soir pour me les mettre dans la tête. Même s'il veut quitter ma vieille, je le soutiendrai. Il a raté beaucoup de trucs et c'est clair que j'ai pas envie de faire pareil. On n'est pas condamné à l'échec ou alors ce serait une putain d'injustice la vie.

Magalie Fournier, dite la blonde, la traînée ou la meuf de Quetur

Je suis pas de très bonne compagnie aujourd'hui, monsieur le gendarme. Je suis un peu trop *sad*. Je sais que ça ne se voit pas quand je suis triste parce que j'ai toujours mon teint éclatant des autres jours. Pour rajouter à ma peine, j'ai mes périodes depuis hier et j'utilise pas les mêmes tampons que d'habitude. Ça me déstabilise complètement. Mais, vous en faites pas, arrêtez de tirer cette mine, y a rien de grave, je m'accroche, lol.

En fait, voilà ce qui s'est passé, j'ai plaqué Tani. On n'est plus ensemble. Comment ça, je commence mal? Bon, d'accord, à vous, je peux bien vous le dire, *whatever*, en vérité, c'est lui qui m'a larguée. Vous voyez bien que c'est complètement dingue. De la folie furieuse. Vous aussi ça vous étonne! Je le vois bien à votre visage que vous êtes sur le cul d'apprendre la nouvelle. Et je sais exactement quelle question vous vous posez en ce moment : « Mais comment peut-on plaquer ce genre de fille ? » Je vais pas vous cacher que je partage votre consternation...

Enfin, je suis ici pour compléter mon témoignage, c'est ça ?

Vous avez remarqué que je suis plutôt bavarde comme fille et y a qu'une seule et unique chose que j'ai gardée pour moi, c'est qu'avant la première heure de cours, très tôt le matin, avant qu'il ne fasse encore tout à fait jour, je venais faire pipi devant la grille du Balto. Un pipi brûlant et abondant, j'en faisais gicler exprès. J'ai fait ça une semaine. Une petite vengeance personnelle. Juste le fait de savoir que ce gros balourd pervers marcherait sur ma pisse et qu'il en ficherait plein partout, ça me faisait complètement triper, mdr.

Ça vous amuse pas, vous ? Non... hum... OK, je vois.

Bah, sachez bien, monsieur le gendarme, que ça m'amusait pas non plus de me faire traiter de pute à longueur de temps, et en plus devant mon mec ! Je peux vous dire que ça fout les glandes. J'ai seize ans quand même. En plus, il répétait tout à mon père. À croire qu'il bossait pour lui. Je vous jure, j'ai des doutes. Il sait tellement pas quoi foutre de son fric mon vieux qu'il serait bien capable d'avoir payé Joël pour me fliquer. À cause de tous ses comptes rendus, on me confisquait mon téléphone, et j'étais enfermée dans ma chambre. C'était déjà pas la joie à la maison avant, mais alors là, c'était devenu invivable. Toujours obligée de me sauver pour sortir. Alors quand ma mère me raconte ses bobards sur Mai 68, la liberté et compagnie, je l'envoie chier aussitôt. Déjà 68 c'est la préhistoire pour moi et puisqu'ils savent la valeur de la liberté, pourquoi ils m'enferment dans ma chambre alors ?

Joël, il méritait ce qu'il lui est arrivé et je le pense tout au fond. Vous n'avez qu'à me passer les menottes ! Arrêtez-moi je vous dis, je suis mineure, je sortirai bientôt ! La prison, ce serait mieux que chez moi à l'heure actuelle, je vous assure. C'est la *loose* totale.

Rappelez-vous quand je vous ai dit que j'étais rentrée chez moi l'autre soir après avoir vu Tanièl, eh ben la vérité, c'est que la fête Tektonik, si je l'ai annulée, c'était pour la simple et bonne raison que mes connards de vieux étaient encore là. Plantés dans le salon comme des nouilles. Quand j'ai vu leurs têtes d'enterrement, j'ai cru mourir. J'avais envie de crier. De tout casser. De tout déchirer. Finalement, ma mère m'a expliqué qu'elle a téléphoné à son psy et qu'il lui a dit que ce n'était pas une si bonne idée que ça de me laisser seule pendant trois jours. Le même psy qui, la semaine dernière, expliquait que c'était une excellente initiative parce que je me sentirais responsabilisée. Putain ma mère, avec sa gueule liftée, elle a l'air d'une carpe. Elle me regarde même plus comme son enfant mais comme un cas d'étude à cause de ses psys et de ses livres à la noix. Je voulais *die*. Qu'est-ce que je pouvais faire à ce moment-là à part passer chez Brico-Dépôt acheter huit mètres de corde et me pendre dans le grenier à l'abri des regards ?

Je suis montée dans ma chambre, à toute vitesse, j'ai allumé mon ordinateur, le mot de passe c'est toujours le même : *sexy bomb*. J'ai prévenu par MSN que ma fête était *out*. C'était la première des choses à faire avant que quelqu'un se pointe et découvre le pot aux roses. Sinon, le lendemain au lycée, c'était la *shame* suprême garantie !

J'ai regardé quelques trucs débiles à la télé en mangeant un pot de glace. Toutes les stars américaines font ça quand elles sont tristes. Ensuite, j'ai allumé mon portable, sûre que j'allais avoir un tas de messages de déception... mais surprise, rien. Pas un seul appel en absence, pas même un sms. C'est comme ça que j'ai découvert, toujours par MSN, que cette petite pétasse de Karine Z. avait organisé une contre-fête chez elle. C'était pour se venger de moi, elle était trop vexée de pas avoir été invitée. Pour appâter tout le monde, elle avait acheté un tas de bouteilles d'alcool. J'en croyais pas mes yeux quand j'ai lu le bulletin qu'elle a publié sur Myspace : « Pour éviter de passer une soirée pourrie chez Magalie, direction chez moi. Esquivez sa boum, venez à ma fiesta. » La garce. En plus, elle a fait rimer, elle s'est prise pour quoi ? Une poète ? « Boum... Boum... » ça veut dire quoi ça ? Que je fais des soirées de gamins ? J'avais trop les nerfs. Fallait que je sois plus maligne qu'elle. Oui, monsieur le gendarme, j'y arrive mais c'est important que vous compreniez mon état d'esprit à ce moment-là. Bien sûr, j'ai énormément pleuré. Vous savez que je suis belle quand je pleure, enfin, il paraît, plein de mecs me l'ont dit. Si je m'assois dans un café, ailleurs qu'au Balto bien sûr, et que je me mets à pleurer alors je peux vous garantir à 100 % que je me fais draguer. Enfin, pas forcément besoin que je pleure pour ça mais si je pleure c'est un bonus. Je fais fille fragile et docile qui a besoin d'une épaule masculine pour la protéger. Devinez d'où je tiens ça ? De *BM – Bonne et Mignonne* bien sûr.

Si ça continue vous connaîtrez tous mes trucs et astuces. Vous devriez vous abonner. Lol.

Il était aux environs de 1 heure du matin quand j'ai décidé de faire la fugue du siècle. Cette fois-ci, j'étais prête, j'allais pas me dégonfler. J'ai préparé quelques accessoires à emporter avec moi, que des choses indispensables : mes sous-vêtements de rechange et ma trousse de *make-up*. Figurez-vous que ça a rempli une valise tout entière. C'était méga lourd. Vous avez déjà essayé vous, de faire une fugue avec une valise de quatorze kilos ? Bah voilà. C'était rude. Finalement, je l'ai pas prise. J'ai traversé la rue des Acacias en premier, puis toute la zone pavillonnaire. Ça m'a foutu les jetons, c'était désert et j'ai pensé à toutes ces histoires de viols qu'on entend partout. Et si ça m'arrivait à moi ? Bon en même temps, ça m'étonnerait pas trop. Je suis la proie rêvée pour un violeur. Admettons qu'on se mette dans sa tête, vous imaginez, il croise une fille dans mon genre. Il violerait plus jamais personne d'autre puisque après moi, ce serait impossible de trouver mieux. Laissez tomber, monsieur le gendarme, c'est un délire que je me suis fait. Si j'ai pris la direction du Balto, c'est que j'avais besoin de réconfort, j'étais *down*. Après l'épisode de ma fête loupée, il me fallait les bras de Tanièl pour me moucher dedans.

En tout cas, maintenant qu'on en reparle et

144

qu'on joue franc-jeu, je vais tout vous expliquer quitte à passer pour une balance. De toute façon, maintenant qu'il m'a larguée, j'ai plus à couvrir sa famille. Je lui dois plus rien, ni fidélité ni loyauté, je m'en tamponne. Arrivée devant le Balto, j'ai vu sortir de la porte de derrière deux personnes. Bien sûr que je les connaissais. On se connaît tous, je vous le répète. Et puis ces deux-là, difficile de pas les reconnaître. Lol. C'était la mère de Tanièl qui tenait son fils par la main. Enfin, son autre fils, l'autiste, là. Ils couraient presque, ça m'a intriguée. Je me suis cachée, et dès qu'ils se sont éloignés, je suis entrée par cette porte que j'avais jamais remarquée avant. Et voilà, il y avait ce que vous savez. Mon Dieu, c'était affreux. C'est la première fois que je voyais un vieux à poil. Ça m'a complètement scandalisée. Ça devrait pas exister. C'était é-cœu-rant et j'insiste bien là-dessus.

Heureusement que j'avais pas emporté ma valise de quatorze kilos parce que j'aurais été mal barrée pour prendre mes jambes à mon cou. Je tire aucune conclusion, je vous raconte seulement ce que j'ai vu. Au fait, Tani est déjà passé ici ? Pourquoi vous n'avez pas le droit de répondre à ma question ?

Ça changera rien vous savez. C'est fichu entre nous.

Yéva, dite Mme Yéva,
la daronne ou la vieille

Écoutez, lieutenant chéri, j'ai l'impression que je vous ai tout dit. D'ailleurs, c'est pas seulement une impression, je vous ai tout dit. Vous êtes mignon, si vous me faites revenir ici, je vois qu'une chose, vous avez beaucoup pensé à moi, je vous ai tapé dans l'œil l'autre jour et vous crevez d'envie de m'inviter à dîner. Est-ce que je me trompe?

Tant pis, j'aurais au moins essayé.

Parce que je vous le répète une fois encore, j'ai autre chose à faire. J'ai un boulot à garder, moi. Enfin, c'est plus vraiment un boulot puisque c'est l'intérimaire qui a repris les dossiers litigieux. Ce connard de Joseph Frédéric se fout bien de ma gueule. Il ne me donne plus rien à faire. Je sais qu'il essaie de me faire craquer mais il m'aura pas, je vous le garantis. Je suis plus résistante qu'une éponge Spontex. J'ai roulé ma bosse vous savez et puis les hommes, je les connais par cœur. Toutes leurs manigances, je les sais sur le bout des doigts, je pourrais en faire une encyclopédie.

Je continue à arriver au boulot avec le sourire. Surtout devant Patricia et Simone. Je leur montre qu'il leur en faudra beaucoup plus pour m'abattre. D'ailleurs, j'ai trouvé une très bonne manière d'occuper mes journées : je fais le classement des archives. C'est un bordel monstre depuis 1997. J'en découvre des choses en rangeant les factures. L'ancien patron s'est bien arrosé avant de partir, ça, c'est sûr. Vous vous rendez compte ? Dans quel monde on vit ? Comme disait mon pauvre père – paix à son âme – « l'injustice n'aura jamais froid aux yeux » ! J'ai dû taper du poing sur la table pour 36 ridicules petits euros d'augmentation l'an dernier. Vous pouvez piger pourquoi ça me fait autant mal au derrière quand je trouve des factures d'hôtel 4 étoiles et des notes de restaurant à 325 euros ? Pour l'instant, je fais des photocopies et je mets de côté. Je prépare ma défense. En douceur.

Si j'ai bien compris, je suis là pour des précisions sur des éléments de ma précédente audition. Et ce sera le cas pour tous les gens que vous avez entendus? D'accord. Certains d'entre eux et j'en fais partie. Qu'est-ce que vous voulez savoir de plus? J'aime pas tellement répéter les choses cent mille fois. Je passe déjà mon temps à ça avec mes gamins et mon mari alors, lieutenant chéri, épargnez-moi, par pitié.

Alors ça, par exemple, je vous l'ai déjà expliqué. On recommence. J'ai trouvé Yeznig, mon gamin, en train de vomir sur le mur derrière la pharmacie. Plus de précisions, ce serait quoi? La couleur de la gerbe? Ce qu'il avait mangé avant? Si y avait des morceaux? Pour l'heure, je dirai qu'il était aux alentours de 1 h 30 du matin. J'en sais rien moi de ce qui l'a fait vomir, il m'a juste dit qu'il avait mal au ventre. Alors arrivés à la maison, je lui ai donné un comprimé de Spasfon. La pharmacie, lieutenant chéri, elle se situe juste en face du Balto. Je crois que vous le savez, vous étiez sur les lieux il me semble.

Oui, c'est vrai, j'ai remarqué que le bar avait déjà fermé. Le rideau était baissé et y avait pas un chat aux alentours. Il y a quelque chose que j'ai oublié de dire, c'est que la lumière était allumée à l'intérieur. Ça, je l'ai noté.

Lieutenant chéri, rassurez-moi... On est bien ici dans le pays de la vérité et de la justice? La

France ? Avec un F majuscule comme j'imaginais dans ma jeunesse ? Quoi ? Comment ça vous êtes pas sûr ? Ah ! bah merci. C'est gentil d'enfoncer le clou encore plus profond. En même temps, je me doutais que vous feriez ce genre de réponse à la con. Vous restez un flic... et, n'y voyez rien de dégradant, c'est seulement que l'espoir ne va pas de pair avec votre fonction.

Ce qui est sûr, c'est qu'on est peut-être au pays des droits de l'homme mais certainement pas au pays des droits de l'homme pauvre. Si j'avais du fric, je serais ailleurs qu'ici, loin de cette ville de ratés, et par conséquent, je serais pas mêlée à tout ça.

Si vous voulez le fin mot de l'histoire, alors très bien, je vais tout vous raconter. J'ai eu peur. Voilà. J'ai eu la frousse de ma vie. Vous savez l'instinct d'une mère, c'est quelque chose de tellement fort. C'est un truc qui vous serre à l'intérieur, ça vous noue l'estomac et ça vous tire les tripes. On réfléchit pas avec sa cervelle dans ces moments-là. C'est pareil pour toutes les mères, même les femelles gorilles. Ça vous arrive jamais de regarder les documentaires animaliers tard le soir ? Moi, j'aime bien. Quand le vieux lâche la zappette et qu'il se met à ronfler, je tombe dessus parfois. Ça me fascine. Les femelles gorilles ou les louves, elles sont prêtes à tuer pour protéger leur bébé. C'est touchant je trouve, lieutenant chéri. C'est la nature qui veut ça. On est toujours rattrapé par ses instincts.

À vrai dire, au début, j'étais sûre que ce fils de chienne de Morvier lui avait donné à boire. Mon Yeznig ne supporte pas l'alcool, il ne boit que des jus de fruits ou de la grenadine. Et puis, c'est encore un tout petit. Quand je l'ai vu dans cet état-là, je pensais qu'il avait pris une cuite. Il était en face du bar. C'était juste une histoire de logique, lieutenant chéri. Quel taré était assez bête et méchant pour faire boire de l'alcool à un enfant handicapé de treize ans et demi ? Morvier. Je voyais que lui. Son air libidineux scotché à sa tronche en permanence. Ses remarques dégoûtantes. Son regard pervers. J'ai attrapé mon bébé par la main et j'ai fait claquer mes talons aiguilles jusqu'au rideau de fer du bar. J'ai cogné dessus de toutes mes forces. J'ai cogné et cogné encore, en gueulant : « Ouvre ! Ouvre, fils de putain ! Je vais te faire la peau, connard ! Ouvre-moi que je te tranche la gorge ! »

Je vais vous faire une confession, s'il avait ouvert son putain de rideau de fer, je l'aurais fait, ça, c'est clair. Morvier, il aurait pris pour tout le monde de ma part. Enfin, en tout cas, il a pas ouvert. J'ai demandé à mon fils s'il se sentait mieux. Il a répondu que oui et il m'a demandé de ranger ma voix dans ma poche. Vous savez, il a de drôles d'images mon bébé pour expliquer les choses. Je sais qu'il aime pas tellement que je crie, ça le met en rogne. Alors je me suis excusée : « Pardon, pardon, mon bébé, je ne crie plus, promis. » C'est à ce moment-là qu'il m'a montré la porte de la réserve, on s'est avancés à tout petits pas et on est passés dans un couloir pour atterrir en plein dans le bar. C'était enfumé donc j'ai... j'ai pas tout vu... tout de suite. Ça commençait déjà à puer, c'était affreux. Si je vous ai pas raconté tout ça avant, c'est parce que je craignais pour mon bébé. Il est mineur, il est retardé, enfin vous voyez. Il a pas les capacités de faire une chose pareille. En plus, mon bébé, c'est pas un violent, je vous le garantis. Gamin, il nous amenait les pigeons blessés pour qu'on les soigne. Dans le jardin, il avait même une boîte à chaussures avec tout le nécessaire à l'intérieur. Il aime bien guérir les bobos. C'est un enfant spécial, je vous l'accorde, lieutenant chéri, mais vous l'avez vu, il est doux. Il serait incapable de faire du mal à une mouche. C'est vrai qu'il a une drôle de corpulence pour son âge mais il tient de chez nous. Nous, les Arméniens, on a des hommes à la moustache bien fournie bâtis comme des bœufs. Des hommes. Des vrais.

Il pouvait rien faire contre Jojo. Vous me suivez ? Ça peut pas être lui. Je suis sa maman, je le connais mieux que personne.

Un prélèvement d'ADN ? Où ça ? Le manche du couteau… Et c'est maintenant que vous le dites ! Et alors ? Que je sache, ça prouve rien. Y a pas de caméra de surveillance dans ce putain de bar ! Tant que j'ai pas vu d'images, je croirai rien de tout ça ! Vous faites une erreur ! Une erreur judiciaire !

Vous osez me dire, à moi, une foutaise pareille ? Bien sûr que je le sais que la justice a jamais eu besoin de caméra de surveillance pour fonctionner… Mais peut-être qu'elle fonctionne pas si bien après tout ! Il doit y avoir un malentendu. Il l'a peut-être tenu dans la main ce couteau… et… et puis quoi à la fin ? Vous essayez de nous déstabiliser mais ça fonctionnera pas. J'ai entendu du bruit quand on était à l'intérieur du bar, je l'ai pas inventé ! Y avait une bande de rôdeurs. On a entendu des voix et des moteurs de véhicules. De moto, je crois. Je les ai pas vus mais je les ai entendus ! Je suis sûre que c'est eux ! Je sais que c'est pas mon fils ! Vous voulez le faire passer pour quoi ? Un assassin ?

De toute façon, Morvier, je le répète, ce sera pas une perte ! Loin de là ! Et même si c'était mon bébé qui l'avait tué, eh ben, il devrait être décoré, tiens! On a débarrassé notre pays d'un gros pourri. Et j'en ai encore un tas d'autres sur ma liste de gros pourris qui mériteraient de crever.

Il devrait avoir droit à la Légion d'honneur mon fils!

Nadia et Ali Chacal, dits les jumeaux, les Marseillais ou les chacals

— Monsieur le gendarme, nos parents sont entrés dans une transe. Ils ont la trouille. Pas d'embrouilles s'il vous plaît. On est mineurs et ce sont eux qui paient nos erreurs jusqu'à nos dix-huit ans. Je vous jure que je ne savais rien moi. Comme d'habitude c'est lui là, ce timbré, qui nous crée des problèmes. Je me demande comment c'est possible qu'on soit restés neuf mois ensemble dans le même ventre sans se mettre sur la tronche.

— Bon, ça va. Je vais expliquer. En fait quand vous nous avez convoqués à nouveau, je n'étais pas étonné. Je m'en doutais et j'ai pris la décision d'expliquer tout à ma famille. On est solidaires. Fallait qu'ils sachent avant. Elle a raison. Elle ne savait rien. J'avais gardé ça pour moi seul.

— Solidaires, ouais, mon œil! Tu nous entraînes dans tes histoires pourries.

— Je sais qu'on nous a entendus. Y avait quelqu'un derrière le rideau de fer, ça résonnait. Mais quand même, j'ai rien à voir là-dedans. C'est sordide cette histoire. Je reviens rapidement sur la bagarre. Je suis quelqu'un de fier. J'ai du «nif», comme on dit chez nous, de la fierté, du «nez».

— Ah pour avoir du nez, tu en as, c'est le moins qu'on puisse dire... Oh c'est bon, ne me regarde pas comme ça...

— Je me suis fait bien casser la gueule. Je ne pouvais pas rester sur un échec. Il me prend la fille, il me met en miettes et moi dégain? Il fallait que je réplique. En fait ce que je n'ai pas dit, c'est que je me suis réveillé vers 1 heure du matin. Tout le monde dormait dans la maison. J'avais la gueule de bois, la tête lourde. Elle pesait une tonne. Et la haine aussi, elle aussi pesait une tonne. Discrètement, je me suis habillé et je suis sorti par la porte qui donne sur le jardin. À Marseille, notre ancien appartement, il était au neuvième étage, j'aurais pas pu le faire de me sauver comme ça en pleine nuit. Je suis passé par l'allée Parmentier, dans la grande cité, pour voir la bande. Ils étaient trois, assis là en train de galérer les pauvres quel que soit le temps qu'il fait. Trois amis. Je donnerai pas leur nom. Je vous raconte c'est tout.

— Genre! Tu joues au gadjo d'honneur! N'importe quoi!

— J'avais même pas besoin de leur raconter ce qui s'était passé, ils savaient déjà tout de A à Z. Ça va très vite ce genre de rumeur.

«Je les ai chauffés un peu et ils étaient prêts à me suivre. J'en ai même rajouté. Le Quetur, je l'ai mis *wanted* dans toute la cité. Alors, on s'est mis en route pour la vengeance. On est arrivés en scooter jusqu'au niveau de la pharmacie. Je suis monté derrière l'un des gadjos et il avait tellement fumé qu'il tenait plus son guidon. On a dérapé sur quelque chose de bizarre. Du vomi je crois. Le scooter s'est renversé et nous avec. D'où les écorchures au coude. Je les ai pas eues pendant la bagarre celles-ci. J'ai menti au médecin.

— Et les écorchures au cerveau, tu les as eues quand?

— Tais-toi. Bon, monsieur le gendarme, voilà. Le Balto était fermé. Ça m'a paru étonnant. J'étais sûr qu'il y serait avec la blonde. Mais y avait dégain. Ni blonde, ni café, ni rien. Je me suis approché et j'ai entendu des pas derrière le rideau.

«Nous, on croit aux "jnouns". Y a un monde

invisible que nous, les humains, on ne voit pas. Il y a une vie parallèle. Ma mère a un tas d'histoires du genre. Peut-être qu'il y en a ici dans cette pièce, à côté de vous. Y en a qui vous veulent du bien et d'autres qui essaient de vous faire du mal. Ça dépend.

« Bon, c'est vrai, c'est la honte de raconter mais le bruit derrière le rideau, en fait, ça nous a tous fait sursauter. Mes potes, chez eux, on raconte les mêmes histoires de jnouns. On a ramassé le scooter en vitesse. Comme ils étaient tous sous shit, alors ils avaient une perception de ce qui se passait sûrement encore plus flippante que la mienne. On n'a pas cherché à comprendre quoi que ce soit. Je me suis seulement dit que je lui réglerais son compte plus tard, à Quetur. Les trois gadjos de Parmentier étaient chauds au début pour aller le tirer de son lit. Ils ont même demandé s'ils pourraient niquer la fille. Mais après les bruits bizarres, on a eu les chocottes. On a fait demi-tour aussitôt. Alors vous voyez, Joël, je le calculais même pas à ce moment-là. Un raciste parmi d'autres, voilà ce qu'il était pour moi. C'est la tête de Quetur que je voulais.

— C'est lui qui l'a tué le raciste. C'est le Turc. J'en suis sûre. Il a une tête d'assassin.

— Arrête de dire des conneries toi. On t'a pas sonnée. Mon pote, il tuerait jamais personne.

158

C'est pas son genre. C'est un gadjo brave malgré tout. Il ferait pas un truc pareil.

— Non mais là… Je suis dépassée… Allez comprendre. Il veut le défoncer et maintenant il le défend !

— Monsieur le gendarme, j'espère qu'on aura pas de problèmes. J'ai des rêves, des ambitions de carrière. J'aimerais être acteur. Dès que j'ai de l'oseille, je me fais refaire le nez et en route pour le cinéma. Je veux pas tout gâcher avec un casier judiciaire.

— Ouais, bah moi je dis que quand on fait des conneries, on doit les assumer et les payer. Au moins s'il va en prison, j'aurai sa chambre quelque temps, elle est plus grande.

— Tu te crois maligne toi ! Non vraiment, monsieur le gendarme, maintenant vous savez tout. Je vous souhaite bonne chance pour la suite de l'enquête… Mais je vous le dis, on a rien à voir là-dedans. C'est de ma faute. Comme y avait rien à cacher, j'aurais dû tout vous dire la première fois. S'il vous plaît, parlez à ma mère. Elle a pleuré tout à l'heure. J'aime pas la voir comme ça.

Yeznig, dit bébé, le gros ou l'handicapé

J'aurai vu ma maman qui pleure. Elle sera triste. Je suis un peu sale sur la joue et je déteste quand elle m'essuierait avec sa salive. Est-ce que toutes les mamans font ça? Prendre un mouchoir, le faire mouiller avec la langue et essuyer la joue, j'ai trouvé ça sale. Ma mère m'aura dit que les mamans oiseaux mâchaient la nourriture dans la bouche et qu'après elles la donneraient aux bébés oiseaux. C'est dégoûtant ça.

Ah! Je dois vous remercier pour le jeu de Game Boy que vous m'aurez offert, celui du ski.

Maintenant je devais raconter le secret de Joël. Je pourrais le dire mais pas aux psychiatres. Ils devaient d'abord sortir d'ici. Je parle qu'à vous. J'aimais pas les psychiatres, seulement les gendarmes parce qu'ils seraient gentils avec moi quand ils m'auraient ramené à la maison dans la nuit.

Ils seraient sortis. Voilà. Est-ce que je pourrai me mettre debout pour raconter ?

« Tiens ! Allez je t'en remets une autre de grenadine mais tu verras quand t'apprendras à aimer le pinard, tu pourras plus t'en passer !

— Merci, Jojo.

— Dis-moi, le mongol, si ton père te demandait de le buter, tu le ferais toi ?

— Je savais pas. S'il le demanderait gentiment, oui, d'accord.

— Allez on va faire un jeu rigolo, tu vas me cogner dessus, tu veux ?

— Non. Je n'aimais pas cogner sur quelqu'un. Ça ferait mal.

— Tu sais, mon petit gros, tu me rendrais service. Allez quoi cogne un peu ! Ton frère lui au moins, il y aurait pas réfléchi à deux fois. Ça, c'est un vrai dur. T'es qu'une chiffe molle. Rentre chez toi. Tu sais pas t'amuser.

— Si, je sais. Je serai pas une chiffe molle. C'est faux.

— Alors cogne ! Tiens, on va conclure un marché entre amis. Si tu me mets un coup au visage, je te laisse faire une partie de flipper. Pour un coup, une partie.

— Oui. D'accord.»

Comme je serai pas une chiffe molle, j'aurai frappé pour jouer au flipper. Son visage est abîmé. Il saigne mais je suis plus fort que mon frère.

«Allez tiens. On va inventer un nouveau jeu. Prends le couteau. Prends-le dans tes mains. Tu verras, on va bien s'amuser. Tu vas l'enfoncer partout dans mon ventre, jusqu'à ce que je m'endorme. T'es d'accord?

— Non. Non. Pas ça. Ça me fera pas rigoler. Je voudrai pas te tuer.

— Tu vois, je te l'avais dit que t'étais une chiffe molle. Si j'avais demandé à ton frère, il aurait pas hésité.

— Je sais.

— Allez puisque je te dis que c'est un jeu! Je serai pas mort, je vais juste m'endormir! Alors je me désape, tiens, je me fous à poil! Je dors toujours à poil!»

Et puis quand ce sera fini, le couteau est tombé par terre. Il dormait pour de bon. Il y aura du sang. Partout. C'était dégoûtant. Je cours dehors. Mon ventre se retourne. Je vomis.

Le Parisien — Édition Oise

Les esprits s'échauffent à Joigny-les-Deux-Bouts. Alors que la ville bruisse de rumeurs sur la possible mise en examen du principal témoin, la mère de cet adolescent de treize ans, déficient mental, dénonce déjà une « putain d'erreur judiciaire ».

Dans son dernier point presse, le procureur de la République a refusé de parler de « suspect », se contentant de préciser que des « zones d'ombre » subsistent sur ce qui a pu se passer au Balto, le soir où Joël Morvier a trouvé la mort.

Joël, dit Jojo, dit Patinoire

«Des zones d'ombre». Bien sûr qu'il subsiste des zones d'ombre. Dans notre vie à tous, il y a un tas de souvenirs sinistres. Des taches d'huile. Des nœuds dans la tête.

Y a des gens qui s'allongent chez des psys pour s'en débarrasser et ceux qui préfèrent porter le bagage. Se mettre ivre de temps en temps, combler les vides et parler de rien. C'est mon cas. J'en ai gros sur la patate et ça s'est jamais vu.

Je l'avais raconté qu'à tonton Louis mais il a crevé avant de m'avoir cru. Il disait que j'étais secoué des méninges et que je disais des conneries. Il me prenait pour un âne.

Faut jamais prendre les gens pour des cons

trop vite. Chaque fois qu'ils me voyaient, tous, je sais très bien ce qu'ils pensaient : « Morvier, quelle raclure... » La vérité, c'est qu'on ne m'a jamais appris à être autre chose. Avec le temps et le talent, je suis même devenu une bonne vieille raclure. Une raclure professionnelle. Y avait déjà le potentiel, la soupe génétique et tout ce qui a suivi.

C'est pas un accident de chasse qui a tué mon père. Je peux le garantir. J'y étais. Personne n'a jamais voulu y croire à mon histoire. Mais chaque fois que je ferme les yeux, je revois tout. C'était pas tellement longtemps après que maman se soit tirée de la maison. J'en avais plein les oreilles de ce que le vieux me racontait sur elle. Que c'était une salope qui avait couché avec tous les types de Joigny-les-Deux-Bouts, et même avec les femmes et les animaux. Il y allait fort. Alors à force, j'ai commencé à croire sérieusement que j'étais un enfant de putain. D'ailleurs, c'est comme ça qu'il m'appelait de temps en temps. Disons que c'était affectueux. Ils étaient comme ça les vieux à l'époque.

Je suis pas un vrai méchant. S'ils avaient connu mon père, ils verraient que je suis pas de la même trempe. À côté de lui, je suis doux comme un agneau, une vraie tafiole.

Un dimanche matin, tandis que certains se

levaient tôt pour aller prier le Christ, mon père et moi, on marchait déjà dans les bois pour tirer les lièvres. Il avait promis de m'apprendre. J'étais fou de joie... Comme quoi il m'en fallait peu pour me rendre heureux. J'étais un adolescent mou et couillon avec un tas de conneries qui germaient dans son crâne.

On avançait dans les bois, il pleuviotait et ça fleurait bon l'herbe mouillée. C'est une odeur qui m'a toujours fait du bien. Je me souviens que j'arrêtais pas de lui dire : « Mais, p'pa, y a aucun lièvre ! Je vois aucun lièvre par ici ! » Et lui, il me disait : « Ferme ta gueule Jojo et avance. » Plus on s'enfonçait dans les bois, plus je répétais : « Mais, p'pa, je vois toujours aucun lièvre par ici. » Et lui me répondait : « Ferme-la, Jojo ! »

On a continué pendant encore pas mal de temps. Il faisait humide et ça m'a donné envie de pisser. Alors j'ai dit au vieux que je voulais m'arrêter pour la petite commission et il m'a demandé si ça pouvait pas attendre. J'ai dit oui, je voulais pas le contrarier.

On a piétiné encore dans la gadoue pendant au moins un kilomètre et puis, tout à coup, le vieux a dit : « Arrête-toi, c'est ici. »

Il m'a regardé fixement. Il s'est raclé la gorge et a craché un truc d'au moins cent kilos. Énorme. Si gros le mollard qu'il a dû tuer une coccinelle au passage. Le vieux avait des gestes lents, je commençais à avoir la frousse. Il a retiré sa casquette à carreaux, elle était grise, je me rappelle bien. Il l'a jetée à terre. Au début, je pensais que j'avais encore fait une bourde, il avait l'air exaspéré. Il m'a tendu son fusil, ça m'a carrément étonné parce que, avant ça, il m'avait jamais autorisé à y toucher. C'était rien qu'à lui. Le fusil avait presque remplacé ma mère. Je l'ai attrapé et j'ai réalisé que ça pesait sacrément lourd mais c'était grandiose de le tenir pour la première fois. «Alors p'pa, ils sont où ces lièvres?» J'ai reposé la question parce qu'il était bizarre. «Hein p'pa? Où qu'ils sont les lièvres?

— Oh! La ferme à la fin! Oublie-moi ces putains de lièvres une minute tu veux! Tu vas chanter avec moi!»

Il a commencé à entonner *La Marseillaise*.

«Allons enfants de laaaaaa patriiiiiiii-heeeeeuuuu...»

Il s'est reculé d'un pas.

«Le jour de gloooââârrre est arrivééééééé...»

Puis de deux, trois, quatre et cinq pas.

«Contre nous de la tyrannnniiiiiiiiiiiheeeeeuuu, l'étendaaaard sanglaaaaant est levééééééé! Chante avec moi bordel!!»

Comme il avait l'air d'y tenir, je me suis mis à marmonner aussi.

Les gens du Balto

«L'étendaaaaaaard sanglaaant est levééééééé!»
Il s'est reculé encore de dix pas, mais il était à
cinq mètres tout au plus. Mon vieux avait de
toutes petites jambes. Il pouvait toujours recu-
ler, il s'éloignait pas beaucoup pour autant.
Il s'est arrêté de chanter: «Écoute, tu diras que
c'est un accident! Tu m'as compris? Un accident!
Allez tire! TIRE-MOI DESSUS JE TE DIS!»
Il faut dire qu'il avait bien insisté. Je raconte
pas les détails mais ça a pris un certain temps
avant que je le fasse. Et puis PAN! J'ai eu tellement la trouille que je me suis pissé dessus. Je
pouvais plus me retenir. J'ai tiré une seule fois.
Ma première fois. J'ai gardé le fusil. Il est là-haut.
Je l'ai jamais réutilisé depuis. Je le sors de temps
en temps pour faire peur aux gamins, c'est tout.
Bien sûr, tout le monde a cru à l'accident.
Pendant deux ou trois ans, j'ai tout appris sur la
façon de gérer le bar avec tonton Louis, la seule
famille qui me restait. Puis il est mort d'un cancer, et je me suis retrouvé seul. On les a foutus
tous les deux à la fosse commune. Ils avaient
jamais voulu de sépulture. Et pour moi ce sera
pareil: fosse commune. On s'en fout de tout ça
dans la famille. Pas de tombe et pas de connerie
de recueillement.
C'est pas mon intention de faire chialer mais il

fallait que je me soulage. Et puis il faut expliquer. Dans les détails.

Mon idée, c'était pas de causer du tort à l'handicapé, encore moins à ma Yéva. Seulement, il est mal tombé, voilà tout. Ce soir-là, j'étais décidé à me faire la belle. J'avais mis de la gomina et je sirotais une bouteille de scotch. Comme Elvis. C'était vraiment pas le soir à oublier sa Game Boy, mais maintenant qu'il était là, il pouvait bien donner un coup de main.

Dès la première pêche, il m'a fait pisser le sang, j'avais le nez en miettes. Une sacrée patate. Il a joué quatre parties de flipper. Je sais pas si j'en aurais supporté une cinquième. Alors j'ai sorti le grand couteau que je rangeais dans le tiroir du bar. Mais une fois passé aux choses sérieuses, il a pas été très habile le gamin, trop sensible. Il l'a planté une fois, maladroitement, et quand le sang a commencé à couler, il est devenu tout pâle. Il a détalé sans se retourner. Tu parles d'un coup de main... J'ai dû finir le boulot moi-même. Je me suis planté de partout jusqu'à me sentir partir. Je l'ai enfoncé au fond du ventre, perçant mes tripes, mon foie, mon passé et tout ce qui était pourri à l'intérieur. Puis j'ai jeté le couteau et je suis tombé à terre, tel un lièvre. Je baignais dans mon sang, à poil, dans une position incroyable. Prêt pour le lever de rideau.